公爵令嬢　アリステリア
平民　シーラ
平民　ロナ
平民　ディータ
登場人物

領主代理　ルステン
子爵令嬢　サラディーナ
王太子　エストエッジ

「他人の人生を
自分の手のひらの上で転がす方が、
手っ取り早いし楽しいじゃない」

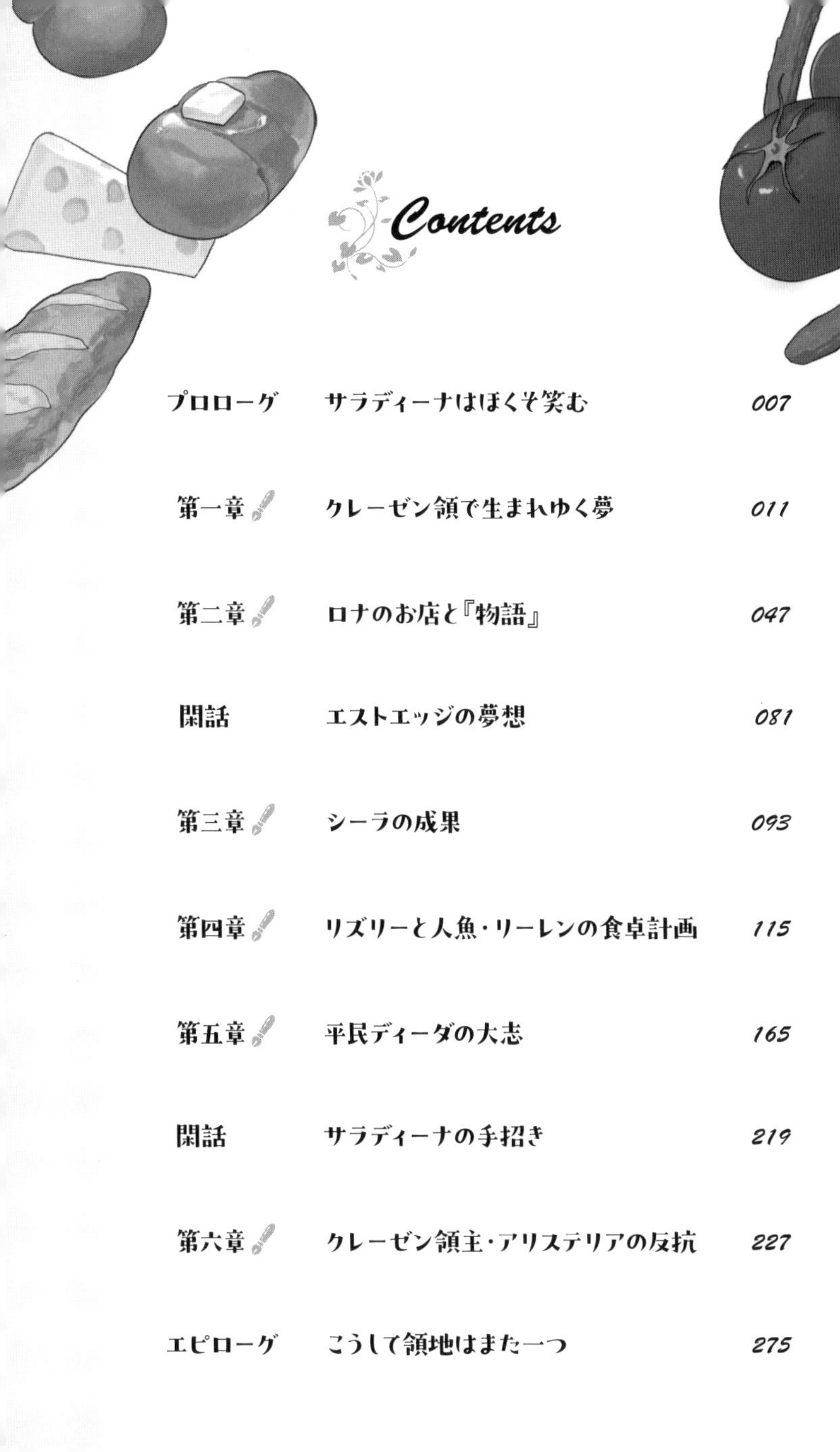

Contents

転生令嬢アリステリアは
今度こそ自立して楽しく生きる
~街に出てこっそり知識供与を始めました~

プロローグ　サラディーナはほくそ笑む

世界という名の盤上に、他人の人生を乗せて行う。そんな勝負以上に、面白いものなんてこの世にはない。

すべてが自分の手のひらの上で踊るあの感覚は、何度味わっても飽きない。ちょっと誰かに耳打ちするだけで、たとえば世界は万華鏡みたいに、ガラリとその景色を変える。

そんな世界を見る事以上の遊戯を、私は知らない。

今までずっと、誰かの人生で遊んできた。

一度遊んだら皆壊れる（ダメになる）から、その度に新しいのに取り替えっこして。バレると周りに怒られるから、バレないように、こっそりと。何の努力もしていない私が、ただのその場の思いつきで。

それらは悉く（ことごと）成功した。ただ一度の例外もなく、その回数と同じだけの誰かの人生を消費して。

だから初めてだったのだ。――同じ人でもう一度遊べる。そんな機会に恵まれたのは。

アリステリア・フォン・ヴァンフォート公爵令嬢。彼女はすごい。

彼女の『王太子エストエッジ殿下の婚約者』という立場を奪って遊んだのが、半年くらい前。あの時は、とても楽しかった。彼女の優秀さを知っているが故に誰もが信じて疑わなかった『彼女の未来』を、『皆の期待』を打ち砕けて。

殿下が婚約破棄を言い出した時の、皆のあの驚いた顔ったら。優越感を隠しきれていなかった殿下の顔も、悲しむアリステリアさんの顔も。あの時あの場にあったすべてが、間違いなく『私を楽しませるための舞台装置』だった。面白い見世物だった。

でもそれで、もう彼女は終わりだと思っていた。きっと表舞台から姿を消して、きっともう私の目に入ることはないのだろう。いつもそうだから今回もそうだと、てっきりそう思っていた。

私の娯楽は、壊す事だ。だからその後には、興味がない。

殿下がどれだけアリステリアさんが抜けた仕事の穴を埋めるのに苦心していても、それで私に助けを求めていても知った事ではない。

たとえ婚約破棄の引き金になった「アリステリアさんの『左遷』に関する情報」が、城内にこっそりと潜ませている優しい友人のうちの一人が聞かせてくれた内緒話を、ちょっと殿下に都合よく聞こえるように捻じ曲げて教えていたものだったとしても、だから何だというのだろう。

すべては私の話をただ鵜呑みにしていた殿下が悪い。自分の能力を過信せず、あらかじめ彼女の代わりを用意していなかった彼が悪いのだ。そう思って、終わってしまった楽しみの残骸が連鎖的に崩壊していく様を、なんとなく眺めていたのだけど。

諦めなくていいのだと気がついたのは、再び王城に戻ってきた彼女の姿を見た時だ。

法律違反の疑いで王城に出頭させられた筈だった彼女が、国王陛下に「クレーゼンという場所を教育特区にしたい」と願い出て、見事に許可を勝ち取った時。彼女は正に「今私は、やりたい事をやっている」と言わんばかりの目をしていた。

あの時私は「どうせ一度目で擦り切れてしまうだろうと思っていた彼女の人生が、むしろあの時よりも輝きを増している」と確信した。

それは、どうしようもなく嬉しい誤算だった。

だって、これでまたアリステリアさんで遊べるのだ。私の遊戯を踏み台にして、誰もが想像だにしなかった結末を作り出した、あのアリステリアさんと。

楽しくならない筈がない。強敵相手の遊戯だと分かっているのだから。

さぁ今度こそ彼女の努力を、努力なんて微塵もしていない私の思いつき一つで壊そう。そう思うだけで、今から胸が躍って仕方がない。

転生令嬢アリステリアは
今度こそ自立して楽しく生きる
~街に出てこっそり知識供与を始めました~

第一章　クレーゼン領で生まれゆく夢

　広大な草原が広がる土地・クレーゼン。田舎（いなか）という形容がしっくりとくる場所の領都となれば、それなりに人はいるものの、やはりどこかのどかで大らかな印象だ。

　そんな市井の一角に立つこの木造りの家の中もまた、土地の雰囲気を裏切らず穏やかだ。

　背中越しに食器を洗うフーの気配が感じられるのは、ちょうど昼食を食べ終わったところだからである。

　天気がいい事もあって、今日はとても暖かい。満腹感が心地よいせいで、尚（なお）の事「この陽気に誘われるままに目を閉じれば、さぞ気持ちのいい昼寝ができるだろう」という誘惑に駆られそうになる。

　しかしもうすぐ来訪者がある。私のためだけではない。これから足を運んでくれる方たちの事を考えても、眠気を誘うこの部屋の現状はあまりいい環境とは言えない。

　窓を押し開くと、室内の空気よりも少し冷たい外気がやんわりと滑り込んできた。

　これで少しでも皆の集中力を援護できればいいけど。そんなふうに思いながら、対角の窓も開けて風を通し、食後のテーブルを拭いておく。

そろそろ約束の時間だろうか。ちょうどそう思った時、外で地面を踏みしめる靴の音が聞こえてきた。

音が段々近付いてくる。

コンコンコン。

「アリステリア様、ルステンです」

「どうぞ」

ノックに応えて短く返せば、すぐに扉が開いた。

扉の前に立っていたのは、深緑の外套を着た細身の男性。付いているフードをすっぽりと被り顔は見えないものの、扉を開けるなり「本日も、領地経営に関する定期報告に参りました」と律儀に用件を伝えてくる様を見れば、間違いなく彼だと確信できる。

「私に配慮してくださっているのは分かっていますが、今日の陽気にその外套は、少し暑すぎはしませんか？」

手振りで室内に促しながら、私は思わず生真面目な彼に苦笑した。

元々フード付きの外套を着てここを訪れる彼のこの習慣は、公爵令嬢でありこの地の領主でもありながら正体を隠してこの家で暮らしていた私への、彼の優しい配慮で始まった。

しかし今はもう、周りにいるのは私の素性を知っている方ばかり。領内で領主代行として名も顔も知れている彼がここを訪れても、何ら支障がある訳ではない。

だから「もう外套で顔を隠す必要も、わざわざ平民服に着替えて来ていただく必要もないのですよ？」と彼には何度か告げている。

仕事の合間にわざわざ着替えるなんて手間だろうし、外套だって、ほら。脱いだ彼は汗だくだ。無理する必要はないのだけど、彼は困ったように苦笑いした。

「いえ、実は好んでこの格好でして」

「というと？」

もしかして、文官服より平民服の方が動きやすいから楽……などという理由だろうか。ならば、前世でも仕事場に私服で出勤可の職場があった。領主館外の方には文官服での対応が好ましいけど、彼らが望むなら服装規定についても考える余地がある。と、そこまで考えたところで、思わぬ理由が告げられた。

「私が定期的にアリステリア様のもとを訪れている事を知った街の人たちが、最近私を呼び止めてくる事が多くて。予定通りにここに辿り着けなくなるのは避けたいので」

なるほど。だから外套を着てフードを被り、顔を隠してここに来ているのだと。

たしかに彼は、忙しい方だ。その大半は私が彼に実質的に領主代行の地位を与えたままでいる事が原因なのだろうけど、それについては有能でやる気もある彼に現場を任せるのが、クレーゼンにとっての最善だ。お互いに納得済みでもあるのでそれは一度横に置いておいて、他の仕事もある中で「忙しさを少しでも軽減したい、そのためには身を隠すのが吉」という彼の判断は、概ね正しいように思う。

　領主館としてはなるべく領民に近い方がいい関係を築いていけそうだけど、それに関しては私の役割だ。

「人気者は大変ですね」

　私がクレーゼンに来る前から、彼は領主代行として領地をあげての催しや何かの節目の際には顔を出していたと聞く。顔を覚えられているのはそのお陰なのだろうけど、顔を見たら話しかけられる、しかもそれで予定が遅れる事を気にする程となると、彼のかなりの人気具合が窺える。

　彼はとても一生懸命な方だ。そういう人柄が皆にも伝わっているのだろう。そう思うと、他人の事ではあっても嬉しい。

　思わずニコニコしていると、彼は何故か苦笑を深めた。

「私が街で声をかけられるのは、貴女が理由ですよ」

「私？」

　思いも寄らない事を言われ、思わずオウム返しになる。すると彼は「ええ」と深く頷いた。

「皆口々に話したがるのですよ。『領主様がこの前店で何かを買っていった』とか、『あれこれについてお礼を言っておいてほしい』とか。どうやら貴女を捕まえられなくても、私に話せば伝わるだろうと思っているようで」

　まさかそんな事が……。皆の気持ちは嬉しいけど、仕事の邪魔をする結果になってしまっているようで、ルステンさんには申し訳ない。

しかし眉をハの字にしたところで、彼は「まぁ実際にその通りではありますし、私も皆からアリステリア様のお話を聞くのは好きなので」と言ってくれる。

「それに、こうして定期的にアリステリア様のもとに通わせていただくようになってから、初めて『仕事ばかりの日々すぎて、持っている平民服が今までずっとクローゼットの肥やしになっていた』という事に気がつきまして。着るいい機会になってるのです」

脱いだ外套をちょうど洗い物を中断してやってきたフーに手渡した彼は、「服を選ぶ楽しみを、久々に思い出しました」と続けながら近くのテーブルの椅子を引く。

どうやら平民服に着替える事は、彼の適度な気分転換になっているらしい。それならいいか。そう思いながら、私も彼の向かい側に座る。

「では、領主館業務の定例報告からさせていただきます」

こんな言葉から早々に始まった報告は、いつもの事ながら多岐にわたった。

領主館業務の進捗報告に、報告が上がってきている領地内の懸念事項。加えて、先日私が雑談時に口にした「人材は宝」という言葉を覚えていたらしい。文官たちの休暇の消化状況と、最近の部下の頑張りについても触れてくれる。

「前月に続き皆頑張ってくれましたが、今月は特に、ドールズとテレサの頑張りが目を引きました」

王城で王族の執務の一部を担っていた時から、関わる可能性のある方々の顔と名前は一通り覚える事にしている。

彼に領主代行をお願いしているとはいえ、領主は私だ。もちろん領主館で働く方々も、その範囲に含まれる。

「ドールズさんは、たしか領内会計の方ですよね？」

「はい。彼は今回、体調を悪くした同僚の分の仕事も、進んでこなしてくれました。他の人にも手分けはしていたようですが、中でも一番頑張ったのが、彼です」

ルステンさんは、まるで自分の事のように誇らしげだ。そんな彼がどうにも微笑(ほほえ)ましい。

「その方、その後頑張りすぎて体調を悪くされたりはしていませんか？」

「見ている限りそのような様子はありませんでしたが、来週には彼への労(ねぎら)いも込めて、いつもより少し長めの休暇を勧めています。どうやら最近できたらしい恋人と、遊びに行くようですよ？」

「ならよかった。いい息抜きはいい仕事を生みますし、何より仕事も楽しく生きるための手段の一つですからね」

安堵(あんど)交じりにそう言うと、彼も実感の籠(こも)った「ごもっともです」という言葉をくれた。

そういえば彼も最近は、休日に近くの川に釣りに行くらしい。先日私に「仕事漬けの日々で趣味らしい趣味などなかったのですが、近頃休めるようになって知人に勧められて」という話をしてくれたのだ。

もしかしたら彼もそういう経験を経て、何か思うところがあったのかもしれない。

「もう一人のテレサさんは、領地運営の補佐役をしていますよね。ルステンさんとの雑談時にもよく上がる名前です」

「はい。彼女は真面目で勤勉な文官なのですが、特に議事録や報告書作成などの書類作業の出来がとてもよく、同僚たちも皆『彼女の資料が一つあるだけで仕事の進みが全然違う』と言っています」

「縁の下の力持ちなのですね」

私も王城で一部王族の執務を代行していた身だ。これまで色々な方が作った資料に目を通してきた。

長時間書類と向き合っていると、段々と集中力が低下して、目が滑りやすくなってくる。そうなった時、『必要な情報が簡潔に載っている資料』がどれほど重宝するものか。私もそのありがたみを身をもって知っている人間の一人だ。

「彼女は自ら思案して、より分かりやすい纏め方をしてくれています。そういう成果物を作るには、その案件の事をよく理解し、求められている情報を正しく記載する能力が必要です。彼女が発揮してくれている、自身の理解力と調査力、情報精査力は、クレーゼンに対する献身から来ているものだと思っています」

彼が嬉しそうなのは、おそらく有能な部下を持って誇らしいからだけではない。自分と同種の領地愛を持った、同志の存在を知ったからだろう。

初めて会った時と比べると、彼は随分と変わった。以前は『自分が最もクレーゼンを愛している』

という自負の下、孤軍奮闘していた印象だったけど、今は「領主館全体で領地を盛り立てていきたい」という気持ちを強く感じる。

「もちろん他の文官たちも頑張っています。お陰で今月も、クレーゼンの領地経営は順調です。新事業の乳製品作りの進捗も、予定通りですし」

「そういえば、先日言っていた『商人の伝手で集めた各地のチーズの試食会』はどうでしたか？」

「牧場側も文官側も、非常に満足な結果でした。食べ比べをしてみると、一口にチーズと言っても色々な味わいがある事が実感できまして。互いに話し合い『どのような味わいのチーズにするかは、共に飲み食いするものとの兼ね合いを考えて決めた方がよさそうだ』という話になりました。そうすると、自然と『ではチーズと何を合わせて食べるか』という議論になったのですが」

チーズに合うものは、色々とある。ジャガイモに溶けたチーズをかけても美味しいし、グラタンなどに使ってもいい。粉末状にしてサラダにかけてもいいし、揚げてみるという手もある。

しかしどうやら彼らの中には、目指したいものが明確にあったらしい。

「やはりせっかく我が領地で作るチーズなら、既にクレーゼンの名産として知られている牛肉に合う、少し塩味のある濃厚な味わいのチーズを作るのがいいという話に纏まりました」

「濃厚な味わいのチーズ……」

そう聞いてふと思い出したのは、前世の中学校で行った修学旅行だ。

行先の一つにチーズ工場の見学があって、その時に試食で食べたチーズがとても美味しかった。

たしかその時に『カマンベールチーズは、熟成期間が長いものほど濃厚な味わいになる』という話を聞いた覚えがある。

日本人の口に合うチーズとしてよく知られていた、カマンベールチーズ。私自身も、前世でチーズフォンデュに使っていたのは、大抵この種のチーズだった。

懐かしいな。そう思えば、思わず口元が綻んだ。

一方ルステンさんは、眼鏡（めがね）の奥で目を輝かせる。

「実は私、いつか全国に知れ渡るようなクレーゼンの名産を作るのが、ずっと前からの夢だったのです。今回のチーズ作りは、その夢が叶（かな）えられる可能性を大いに秘めていると思っています」

まるで少年のような表情で告げられた彼の希望に、私はゆっくりと目を見開く。

固定観念のせいなのか、それとも自分で稼ぐようになり現実の大変さを知るからか。大人になっても尚夢を抱ける方は、実はあまり多くない。

特に今世は、身分や環境によって、人の可能性の範囲が大きく左右される。私はそれをどうにかしたくて、これまで少しずつ動いてきた。

現状に甘んじ、ままならない現実に諦めてしまっていた方々に、打開の方法を提示した。私の思いに皆も答えてくれて、何事にもまずは「どうにかできないか」と考える事の大切さを、自立する事の喜びを、今はもう知ってくれていると思っている。

しかし彼がこうして昔からの夢を語ってくれたのは、これが初めてだ。

嬉しい。嬉しくない訳がない。だってきっとこれは、「夢を語っても恥ずかしくない」と彼が思えるくらい、彼を取り巻く環境が変わったという事だろうから。

彼が今、自身の夢のために、更なる躍進を遂げようとしている。正にそれこそが、私が皆の自立の先に密（ひそ）かに思い描いていた夢だった。

私はきっと幸せ者だ。彼のお陰で、私の夢が一つ叶った。前に進めたのだから。ならば次に私がするべき事は。

「素晴らしい夢ですね。私も助力は惜しみません」

彼の夢を叶える事。それが彼のこれからのためにも、クレーゼンのこれからのためにもなる。

そんな自分でありたいという内心を胸に秘め、目を伏せながら微笑んだ。するとルステンさんからも、ホッとしたような笑みの気配が返ってくる。

「ありがとうございます、アリステリア様。今後も試行錯誤や各種調整、まだまだ越えるべき障害はたくさんありますが、貴女がいてくださるのなら百人力です」

「それを言うのなら、私にとっても貴方（あなた）たちは重宝すべき人材ですよ。領地のために願いを抱き、正しい努力を地道に積む。そういう仕事ができる方々が領主館にいてくれる事が、私の一番の幸運です」

実際に、私一人では、少なくともここまで早く現状の成果に辿り着く事は難しかっただろう。もしここにいたのが彼らでなかったら、きっと私は今の自分ほどやりたい事を進められてはいなかっ

た筈だ。

「夢を叶えるために、共に頑張りましょう。ルステンさん」

私の言葉に、彼は笑顔で頷いてくれた。

彼ならうまくやるだろう。彼や領主館で働く方々に、そしてクレーゼンにも、今よりももっと輝く未来がきっと訪れるだろう。

「あぁそうでした。実はちょうど昨日、先日アリステリア様の伝手で送っていただいた他領への手紙の返事が届きまして」

「チーズ作りの現場を視察させていただけないかというこちらの希望は、叶いそうですか？」

「はい、『アリステリア様からの頼みなら』と。視察メンバーが決まったら返事が欲しいとの事でした」

彼はそう言いながら、懐から一枚の封筒を出した。

一応中を確認してみるけど、ルステンさんが教えてくれた通りの内容が書かれている。

元々先方は穏やかで、それ故に押しの強い他領から一方的な利益の搾取が予想される交易を打診され、困っていたような方である。今回の話をした事で揉めたりする事はないだろうと思っていたけど、まさかこうもすんなりと領地が持つ産業技術の供与に協力していただけるとは。

たしかに彼とは、以前少し助力をし他領からの締め付けを回避させる事に成功して以降、良好な関係を築けてはいる。しかし、それでもここまでの大事に許可が出たのは、偏に先方の懐が深いからだ。

心の中で朗らかに笑うその方の顔を思い浮かべ、密かにお礼を告げておいた。そんな私の向かい側で、ルステンさんは「視察者の人選はどうしますか？」と聞いてくる。

誰を選ぶか。おそらく彼はその答えを求めているのだろう。

クレーゼンの領主は誰でもない私だ。私の伝手で許可を得て、行く事が許された視察でもある。先方に失礼があってはいけないとなれば、普通は私が人選するものだろう。

しかし、これについては私は最初から決めていた。

「人選はルステンさんにお任せします。貴方の部下に関する報告をずっと聞いてきた私だからこそ、断言します。貴方の人選なら、間違いありません」

私の言葉に、彼は一瞬驚いたような表情をした。しかしすぐに彼の口元がゆるやかな弧を描き。

「分かりました。お任せください」

胸に手を当て、そう言ってくれた。

意気込みを感じる明るい表情に、私の方も嬉しくなる。しかし誇らしげな彼に頷いたところで、室内に少し慌ただしい別の声が乱入してきた。

「アリスー、来たわよぉ！」

「こんにちは、ロナさん」

言いながら壁掛けの時計をチラッと見て、「あぁもうそんな時間か」と思う。

ルステンさんが来るのはいつも、塾が始まる一時間前。彼もそれは分かっているから、大体いつもは三〜四十分で、話を済ませて暇を告げる。

こういう事もないわけではないけど、どうやら今日はいつもより話に花が咲きすぎたらしい。

「こちらの話が終わるまでもう少し時間がかかりますので、先にいつもの算数ドリルをやっていてください」

私のお願いに、ロナさんは「分かったわぁ」と、すんなり承知してくれた。彼女も、もう塾生としてこの家で過ごし始めて結構経つ。ここでの過ごし方は心得たものだ。

彼女は迷わず塾道具を置いている棚の前に行き、自分用の筆記用具を出した。それを視界の端に捉えていると、目の前から「今日の報告はあと一つだけです」と告げられる。

「隣の領から、連絡事項がありました。どうやら先日、自領に蔓延っていた盗賊連中の摘発に動いたらしいのですが、ちらほらと取り逃がしたらしく。その者たちが賊崩れとなり、散り散りになったという話です」

「なるほど。つまりその方たちが、クレーゼンに流れてくる可能性もある、と」

でなければ、「取り逃がした」などという失態を、わざわざ外に知らせてはこない。

「知らせてくれるあたり、こちらへの敬意が感じられます」

「そうですね。お陰で『追われて逃げてきた彼らが、クレーゼンで新たな悪さをして生計を立てようとする』事態に、いち早く備える機会が得られました」

領主である私には、外敵から領地を守る義務がある。

統治者として、悪戯(いたずら)に領民を怖がらせるのは得策ではない。不安や混乱は、領内に不信や不和を生む恐れもある。可能性でしかない事象に、わざわざ動く必要はない……というのが統治者の定石で、実際に一旦捨て置く選択肢を取る方もいる。

しかし私が大切にしたいのは定石ではなく、領民の命と彼らの生活の無事だ。

「すぐに領地全域に、今の旨を通達。街中に注意啓発の絵看板も、出すようにお願いしてください。それから、各街の憲兵には見回りの強化を。何かあった場合には、迅速な報告と対応を求めておいてください」

「畏(かしこ)まりました。そのように」

彼は私からの指示を、サラサラと手持ちのメモに纏めた。そして早々に席を立ち、「では、また次の報告の際に」と笑顔で告げてくる。

その笑顔がどこか誇らしそうに、嬉しそうに見えるのは、気のせいだろうか。

「はい。次を楽しみにしています」

そんな言葉と共に、私は『毎度わざわざここまで足を運んでくれる事』と『精度の高い報告』に、「ありがとうございました」とお礼を述べた。すると彼は、おそらく正しくその言葉の意味を理解したのだろう。「これも私の仕事ですから」と一言告げてこの場を後にする。

「おはようございます、アリス先生」

「先生、来たよ！」

彼が出ていったのと入れ違いに、また一組来訪者が増えた。

やってきたのは、礼儀正しく頭を下げて挨拶をしてくれるシーラさんと、元気な娘のエレナさん。

私は「こんにちは、お二人とも」と言葉を返し、彼女たちが喜ぶだろう話をする。

「今日は新しい図案で、刺繍の練習をしましょうか」

「やったー！」

先日父親に刺繍を見せて褒められたらしいエレナさんは、最近は「お母さんがやっているのと同じ事をやりたい」という元の動機以外にも、楽しみを見出しつつあるのかもしれない。子どもらしく元気に喜ぶ彼女を見ていると、何だか微笑ましい。

しかしどうやら喜んでいるのは、エレナさんだけではなかったようだ。

「どんな刺繍ですか？　アリス先生」

そう尋ねてきたシーラさんも、よく見ると少しソワソワしている。

二人とも、やる気があって何よりだ。教え甲斐のある生徒たちに、私は思わずクスリと笑った。

じきにリズリーさんを始めとする他の生徒たちも、やってくるだろう。

「では、今日も頑張りましょうか」

こうして今日も市井の一角で、メティア塾は賑やかに始まっていく。

今日の生徒は総勢八名。何を学ぶかは様々で、計算ができるようになりたい方もいれば、文字の読み書きができるようになりたい方もいる。

ロナさんの店に並んでいる刺繍入り小物を見て「私もこういう物が作りたい」と思った方もいれば、最初の頃のリズリーさんのように、まずは「ただ皆と集まって何かをするのが面白そうだから」という理由でここに来て、次第にやりたい事を見つけていくような方もいる。

取り組み方は様々だ。しかし自分の意思で学んでいる事と、学ぶことに真摯な事。この二つは間違いなく皆持ち合わせている。

その証拠にサワサワと風が通る室内には、時折カリカリと字を書く音や木紙を捲る音がするだけの、心地よい静寂が漂っていた。

そんな中、既に解き終えた生徒の計算の丸付けをしている私の側に、寄り添うように淡い影が差す。

「お嬢様、そろそろ休憩されませんか？」

顔を上げると、そこには何脚ものティーカップを載せたお盆を持った、見知った顔が立っていた。

時計を見ると、たしかにそろそろ休憩時だ。

「そうね、フー。ありがとう」

静けさの中で集中すると、どうしても時間を忘れてしまう。子どもの頃には勉強で、大人になってからは王城での執務で、長時間集中し続ける事に慣れてしまっている弊害が、たまにこういうところに出る。

適度な休憩を挟んだ方が勉強効率がいいし、自分の悪癖は自覚している。それでも尚気がつけない部分を、彼女がこうしていつも助けてくれている。

お礼を述べた私は、皆の事を見回した。

「という事で、キリがいいところまで終わった方から休憩してください」

「はー、頑張ったー」

「今日のお茶菓子は？」

「ちょうど昨日作ったジャムがあるので、薄く切ったバゲットにつけて食べるのはいかがかと」

私の言葉を皮切りにそれぞれが手を止め、思い思いに伸びをしたり、息を吐いたりする。

休憩の紅茶のお供について尋ねた生徒に答えたのは、お菓子を用意したフーだ。

「あ、このパン。外はカリッと揚げてるのねぇ」

ロナさんの感心した声につられて、フーが持ってきた大皿に目をやると、お皿に載っているパンはたしかにキツネ色に揚がっている。

少なくとも私は、今世ではまだ揚げたパンを食べた事はなかった。それはロナさんたちも同じようで、何やら皆物珍しそうにパンを見ている。

それでもロナさんが先陣を切り、お皿に手を伸ばしスプーンでジャムを塗る。一口食べると、サクッという軽快な音が鳴った。モグモグと咀嚼した彼女は、少し驚いたように「美味しい」と呟く。

「パンにジャムって、どうしても食事のイメージだったけど、いつもより薄切りにして軽く揚げるだけで、けっこうお菓子っぽくなるのねぇ」

「あっ、本当だー！　美味しいし、これ作るのは意外と簡単そう。……うちの店のメニューにも入れられないか、旦那に相談してみようかなー」

ロナさんの隣のリズリーさんが、いつの間にか食べて真剣に思案し始めている。

フーが微笑を浮かべつつ、「ええ。前もってジャムを作っておけば、あとはパンを揚げるだけですからね。是非試してみてください」と答えた。

たしかにリズリーさんのところの食堂には、揚げ物料理のメニューが幾つかあった。同じ鍋でサクッと揚げるのなら、調理の手間はあまりかからなそうだ。

「新しく見知ったものをすぐに『自身の日常に取り入れられないか』と思案するその姿勢、とても素晴らしいと思います。これに止まらず他にも『いいな』と思ったものは、ぜひ積極的に取り入れてみてください。皆さんも、何か難しい事があれば、私もフーも手助けできますから」

そう告げて、フーが淹れてくれた紅茶を一口。

うん、美味しい。相変わらず彼女の腕は鈍らない――。

「アリスって、つくづく不思議よねぇ」

不意にそんな事を言われて、小首を傾げつつ声の方に目をやった。するとそこには、既に二切れ目の薄切りジャム載せ揚げバゲットを食べているロナさんの姿がある。

「たしかにこれは美味しいけど、お菓子の作り方を私たちに教えても、領地の活性化には流石に繋がらないでしょうに」

呆れも驚きも苦笑もない。彼女の表情や声色からは、純粋な疑問の色が見て取れた。

今にも「まぁ私たちは美味しい物にありつけたり、いい事を教えてもらえたりしてラッキーだけどねぇ」という副音声が聞こえてきそうだ。

しかし彼女は思い違いをしている。

「この塾に関しては、厳密には、領地のためにやっている訳ではないのですよ」

「えー？　そうなのー？」

リズリーさんの声に微笑交じりに「えぇ」と頷けば、おそらく意外だったのだろう。皆の興味の籠った視線が集まる。

もちろん皆に色々な知識を得る機会を提供した結果、クレーゼンが活性化すれば嬉しい。たしかに国王陛下にクレーゼンの教育特区化を打診した時には、市井の方々に知識を与える事で国が受ける利の一つに『領民が知識を得る事で上がる経済効果』を挙げてもいる。

しかしそれはあくまでも、対外的に提示した目標だ。所謂建前であり、私自身が目標として意識するべき事であって、彼女たち領民にまで意識させたい事ではない。

「私が皆さんに対して求めるものがあるとすれば、二つだけ。一つは知識を得る事で選択肢を増やし、自立する事。そしてもう一つは――各々が自身の夢を持ち、それに向かって邁進する事です」

「夢？」

「ええ。そのためにできる最大限の協力をする。それが今、私がやりたい事であり、皆さんに提供できるものです」

誰でも自分の夢を持てる場所、なりたい自分を諦めなくていい場所、叶えられる場所を作りたい。ルステンさんが夢を語ってくれたように、皆にも自ら夢を語ってほしい。

そうして語ってくれた夢を後押しするための知識や機会、場所を作りたい。それができる環境を整備するのは、きっと私にしかできない。

「夢……そんな大層なもの、ちょっと持てる気しないけどねぇ」

苦笑しながらロナさんが言う。しかしそんな彼女に、私はゆっくりと首を横に振った。

「最初から大きな夢を抱く必要はないのです。たとえばロナさんは、最初に簿記を学んだ後、店内の商品配置について試行錯誤をし始めましたよね。そういう行動は『もっと旦那さんの力になりたい』『一緒にお店を盛り立てたい』という気持ちがあったからこそでしょう。――よりよいお店にしていく事。それも十分『夢』に数えていい代物です」

私の言葉に、ロナさんは「それなら」と頷いた。

周りの方々も、若干の安堵と共に納得の表情になっている。そんな彼女たちに向けて、言葉を続ける。

「しかし夢は、ただ心の内に秘めているだけでは叶いません。ぜひ、言葉にしてください。言葉は行動の第一歩。今ここにいる方たちは皆さん、夢を口にする勇気を持っている方たちだと私は思っています」

彼女たちには「勇気を出す事が第一歩」と言ったけど、ここにいるのは、皆それぞれ自らの意思でここを訪れた方たちだ。実際にここに来て学ぶ意思を見せている。

その時点で実は既に、初めの一歩を踏み出せている。彼女たちには、既に夢を語る素質がある。

確信を込めた私の言葉に、「あの」という声で応えた方がいた。

控えめに手を上げたのは、シーラさん。彼女は手を上げた事で肩掛け布がずり落ちないようにするためか、それとも緊張を少しでも和らげたいからか。肩掛けの対面の端を、空いている方の手でギュッと握り締めている。

「その、私、年中悪かった体調も最近はよくなってきて、寝込むような事も減りました。お陰で家事も溜(た)めるような事はなくなりましたし、アリス先生に教えていただいたこの刺繍のお陰で収入も入るようになって、金銭的にも余裕ができました。だから」

彼女はそこまで言うと、一度間を置き深呼吸をした。一体何を言うのかと、自(おの)ずと皆が注目する。

「私……休日にレインとエレナと三人で、一日中外にお出かけしたいんです！」

一瞬、室内が静まり返った。その沈黙を最初に破ったのは、ロナさんだ。

「ちょっと、シーラ！　あんた、そんな一世一代の告白みたいな雰囲気で家族団欒(だんらん)の宣言をしなくてもぉ！」

「別に皆に許可を取らなくても、行けばいいじゃないー。皆でお出かけー」

続いたリズリーさんを皮切りに、シーラさんの宣言の微笑ましさに負けて皆笑い出す。

その反応でシーラさんは、すぐに自分が言い方を間違えたと気がついたらしい。カッと顔を赤くしながら、慌てて「そ、それはそうなんですが！」と言葉を続ける。

「別にそれに関して許可が欲しい訳ではないんです！　レインが『シーラに無理をさせて翌日以降の体調に響かせては、せっかく楽しみにしている塾通いもできなくなるかもしれないから』と、毎回遠慮をするので!!」

「あらぁ、流石はシーラの旦那ねぇ」

「シーラの事を気遣ってくれるなんて、優しい旦那じゃないー」

「そうだよ！　うちのお父さんは優しいんだよ！」

口々に発せられるシーラの旦那さん・レインバードさんへの称賛の声に、嬉しくなったエレナさんが自慢げに胸を張る。

そういえば、先日シーラさんが体調不良で塾に来れなかった時に、エレナさんが「昨日は皆でお出かけしたから……」と言っていた。おそらくレインバードさんの懸念や気遣いは、そういう経験から来ているのだろう。

夫として、妻の体調を気遣う事は決して間違ってはいない。むしろ皆がしているように、称賛すべき事だろう。

しかしそれと、シーラさんが心配させてしまう事をどう思うかは別である。

「つまりシーラさんは、三人で気兼ねなく休日に出掛けたい。レインバードさんが気を回さずに済むくらいの、体の丈夫さが欲しいと？」

「はい。丈夫とまではいかないまでも、もう少し体力をつけたいなと思っているんです……」

皆も私たちの会話を聞いて、概ね納得したようだ。各々多少の温度差はあるものの、「あー、なるほどねー」と理解を示す。

「こんな事は、夢と呼ぶほどの事ではないかもしれませんが」

苦笑交じりにそう言った彼女に、私はゆっくりと首を横に振った。

「そんな事はありません。『家族でいい休日を過ごしたい』なんて、素晴らしい夢ではないですか」

元々夢なんて、他人に評価できるようなものではない。

それを成す事が、自分にとって如何に大切か。もし測り方があるとすれば、きっとその一点だ。

たとえば同じものを目指していても、難易度によって夢の大小は変わる。私的な成果を出せるか、公的な成果になり得るのか。それさえ大小には関係ない。人によって尺度は異なる。そもそも願いの大小で、良し悪しを語れるようなものでもない。それが『夢』だと私は思う。

「今のシーラさんにとって、大切にしたくて実現が困難。そんな願望を夢と呼ばずして、他に何と呼べばよいのか。少なくとも私は知りません」

「たしかにそうだわねぇ」

ロナさんが強い相槌をくれ、少し下がっていたシーラさんの眉尻が、安堵と共に元の位置に戻った。その様子を微笑と共に見ていると、私の空いたティーカップに二杯目の紅茶を注ぐべくティーポットを手に近くに来たフーが、「しかし、どのように体を丈夫にするのですか？」と聞いてくる。

一人の疑問や質問に皆で頭を悩ませるのが通例になっているのが、メティア塾のいいところだ。

誰ともなく皆、早速「うーん」と思案顔になる。

「毎日走るとかぁ？」

「たくさん食べる！」

「重い物をたくさん運ぶとかー？」

どれも効果は見込めるだろう。しかしそれは、彼女がそういう活動に耐えられるほどの体力が既にあるかによるところがある。

「シーラさん。体調に問題のない日で、現在どのくらい外を出歩けるのですか？」

「家から塾まで往復するくらいなら、特に問題はありません。ただそれとは別に買い物に出るとなると、翌日に少し響くので……」

「食材とかは、お父さんがお休みの日に買ってくるよ！」

なるほど。彼女の家からここまでの距離は、徒歩五分くらいといったところか。つまり一日に歩きで十分ほど。帰宅してから家事をしているとしても、やはり体力はかなり少ない方だろう。

「となると、今の生活に走ったり重い物を持ち運ぶなどの運動を追加するのは、現実的ではありませんね。以前シーラさんは小食だと言っていましたし、急に食べる量を増やすのもしんどいでしょう」

たとえ最初の一日二日、少し無理して頑張っても、続かなければ意味がない。前世のことわざで『継続は力なり』という言葉があるけど、体を丈夫にするなんて一朝一夕では成せない。

「お嬢様の言う通り、出かけただけで翌日に体調を崩す体力状態なのであれば尚の事、方法選択には慎重であるべきでしょう」

「そうよねぇ」

では他に何かいい方法はないか。フーの言葉に促されるようにして、一同は再び思案する。

「そういえばさぁ、アリスは王太子殿下を投げ飛ばすほどの力持ちなんでしょぉ？　そんな細身で一体どんなふうに鍛えたら、そんな事ができるようになったのぉ？」

「やーねー、ロナ。その言い方じゃあ、まるでアリスがムキムキみたいじゃないー！」

「いや、もしかしたら実は脱いだらムキムキかもしれないわよぉ？」

思わぬ第一声に私がキョトンとしているうちに、リズリーさんがケタケタと笑い、ロナさんが空をペチンと叩(たた)きながら応じる。

一応声を潜めてはいるけど、目の前でされている会話だ。すべてしっかり丸聞こえなのだけど、彼女たちはまるで気にした様子がない。

それどころか、ついには小声さえも忘れてしまい、「でもそれじゃあ、シーラがアリスのやり方で体作りをしたら、シーラもムキムキになるって事じゃないー!!」と大爆笑し始める。

楽しそうで何よりだけど、彼女たちの頭の中の私は一体どんな姿になってしまっているのだろう。

苦笑交じりに「私はムキムキではありませんよ」と答えれば、二人はまるで示し合わせでもしていたかのように「えー」「そうなのぉ？」どこか残念そうな異口同音を返してきた。

しかし話は終わらない。

「でも、殿下を見た事はないけど、相手は成人男性でしょ？　やっぱりアリスに特別な腕力がないと、投げ飛ばしたりはできないわよねぇ」

「もしくは才能？」

「アリスは何でもできるからー」

皆、思い思いに話し出し、室内は俄かに姦しくなる。

おそらく彼女たちは「私がしている体作りを真似れば、丈夫な体を作れるのでは？」と思っているのだろうけど、厳密に言えば『丈夫な体作り』と『力持ち』は同等ではない。それに私が殿下を投げ飛ばせたのは、私が力持ちだからでもない。

「投げ技ができるかどうかと体力や腕力の有無は、あまり関係ありませんよ？」

「そうなの？」

「ええ、あれは技術です」

そう告げて、ゆっくりとティーカップに唇を付ける。

二杯目も飽きない美味しさに、内心で「流石はフーの淹れる紅茶ね」と称賛を送る。一方何故かリズリーさんが「そうなの？」とこの話題に食いついた。

「技術って言うんなら、もしかして教えてもらったら、私にもできるようになるー？」

「そうですね。やり方を学び、体得すれば。——もしかして何かお困り事でも？」

彼女の話の食いつきに、いつもの茶々やただの好奇心とは少し違う雰囲気を感じ取り、もしかしてと聞き返す。すると彼女は人差し指で頰を掻きながら、「実は」と苦笑交じりに口を開いた。

「お店でさー、たまに悪質な酔っぱらいが出来上がる事があってー。そうなった時に、周りに被害を与える前に撃退できればいいのになーってね」

「あぁそういえば、この前外から来た行商人が、仕事でポカしたとかで酔って暴れたって言ってたわねぇ」

「そうなのよー。そのせいで店の物が壊されたりしてー。弁償はしてもらったけど、片付けるのだって面倒だしねー」

たしかにリズリーさんのお店には、アルコール飲料もメニューにあった。貴族の社交場では酔っぱらう事こそあっても暴れるような方はいなかったけど、前世では少なからず聞いた事のあるような話だ。

「それならお教えしましょうか。コツさえ摑めれば、実はそう難しいものでもないですし」

前世の——高校生だった頃の私でさえ、習得できた技術である。あの時の私よりよほど日々を逞しく生きている彼女たちになら、きっと問題なくできるだろう。

私の言葉に、リズリーさんが「ほんとー!?」と沸き立った。私はもちろん首肯する。

「ええ。それこそもう少し体力がつけば、シーラさんでも余裕でできるようになるでしょう」

「シーラでも!?」

「余裕で!?」

「ええ。面白いくらい簡単に、ポーンと」

「ポーンと!?!?」

私が体得した護身術は、か弱い女性が暴漢から身を守るための術だ。そもそも非力でも体得できるように、できていると言っていいだろう。

事実を言ったまでではあるけど、言葉選びに彼女たちの興味を釣ろうとした意図がなかったとは言わない。

そして、そんな私のささやかな遊び心に皆見事に釣られてくれたようだった。

向けられている視線が一様に、興味に煌めいている。そんな彼女たちをチラリと横目に見て「一度実践してみせるのが、一番手っ取り早いかな」と考えた。

すると、ちょうどその時だ。

「お、今日もお茶会やってるな?」

肩にタオルをかけてニカッと笑う彼は、まるで「いい汗掻いたぜ！」とでも言わんばかりに溌剌とした表情で、玄関から入ってきた。

そういえば、先程までしていたカーンカーンという薪割り音がいつの間にか消えている。頭の端の方でそんな事を考えながら、席を立ち彼のもとへと足を進める。

「ダニエル」

「はい？」

笑顔で彼の前まで行けば、何の疑念もない彼が「どうしました？」と快く言葉を返してくれる。

私はそんな彼の手首を――ガシッと掴み、捕獲した。

「ちょうどいいところに来ました。少し手伝っていただきたい事ができたのですが」

「うん？」


やる事は至って簡単だ。彼を連れて一度部屋を出て庭まで行った私は、窓から私たちの様子を見ているようにと皆に告げた。

ダニエルは背が高く、肩幅も広い。私の護衛だという事も皆には既に伝えているから、それなりに腕の立つ方だという認識もされている。

私が彼にした指示は、「私と向かい合って立っていて」というものだけだ。信頼があるからこそ、それ以上は言わない。私がただ笑顔で彼に片手を差し出せば、彼はなんとなく私の欲している事を察したのだろう。その手に手を乗せてくれる。

これでもし彼が跪いてでもいたなら、騎士が令嬢に仕える誓いを立てる時の図のようになっていたかもしれない。しかし実際には室内にいる彼女たちに武骨な騎士の手を見せながら「ではまず入門編から」と口を開く。

「誰もが知っている事だと思いますが、人の手首というものは、通常このように上下に曲がるもので、左右に曲がるようにはできていません。ですからこれをほんの少し、斜め上に捻ってみるだけで――」

「いっ!?　いてててててて!!」

突然手首を捩じり上げられたダニエルが、大きな悲鳴を上げながら身を捩った。体ごと逃げるような動作を取る彼の顔には、本物の苦悶が貼り付けられている。

「と、このように簡単に攻勢に出られます」

特に力を入れている訳でもない。涼しい顔のままで言うと、皆が「おぉーっ！」と歓声を上げた。

拍手さえ聞こえる中、ダニエルの手をパッと解放する。すると途端に手を引っ込めた彼が、手首を擦りながら口をツンと尖らせる。

「こういう事をするんなら、先に言っておいてくださいよ」

「言ってしまったら身構えるでしょう？　それではどのくらい効くか、分かりにくいですから」

流石は咄嗟の荒事にも慣れている訓練した騎士だ。与えられた突然の痛みに、ダニエルは思わず涙目になりながらも「まぁそれはたしかに」と理解を示した。

きっとこの程度なら彼は怒らない。何より、彼はこの程度で長期間にわたって体を痛めるような柔な方ではないだろう。そんな私の信頼に、見事に応えてくれた形だ。

「今の方法は、なるべく周りへの被害が少なく済むように配慮しながら、脅威対象に反撃する方法です。一撃必殺ではありませんが、周りに壊れ物があるような場所で相手を退散させたい場合は、今のような形が最善でしょう。因みに先程お話した『ポーンと』は……ダニエル、もう一度手を貸してください」

「え、俺もう痛いのは嫌なんですが」

恐れ半分抗議半分の顔で言ってくるダニエルに、私は笑顔で「大丈夫です。今度のは、痛くはありませんから」と答えた。この一言だけで彼の表情から消極的な同意が見て取れるあたり、かなり人がいい。

「ではダニエル、貴方はこれから暴漢です。少し向こうから走ってきて、私を連れ去ろうとします」

「え、しませんよ。そんな事」

「します」

「しませ――」

「します」

「……」

逃れられないと悟ったのだろう。私の笑顔に大きなため息を返した彼は、トボトボと五メートルほど離れた。一度コホンと咳払いをして、ガバッと両手を顔より上げる。

「ワァー、捕マエテ攫ッテヤルゾー」

かなりの棒演技ではあるけど、甘んじて暴漢役を引き受けてくれた彼に、これ以上は何も言うまい。

小走りしてきた彼の腕を、私は逆にガシッと掴んだ。予想外の行動に、驚いたような彼の顔が一瞬見えた気がするけど、ここでは敢えて気にしない。

近付いてきた彼の動きに逆らわず、逆にこちら側にグッと引き寄せる。彼が一時的に、前につんのめった状態になった。そのまま素早く彼に背を向け、スルリと懐に潜り込む。

背が高い彼の懐に平均的な女性の背丈の私が入り込むのは、簡単だ。持っている腕を離さないようにだけ注意しながら、お辞儀をするように体を曲げると、自ずと彼の足先が宙に綺麗な弧を描く。

流石はダニエルだ、投げられたのを察して反射的に受け身を取った。

辺りには些かの静寂が流れた。目の前の光景に目を丸くした皆は、一拍置いて一斉に大歓声を上げる。

「すごいわぁ！　大の男を本当にポーンと」

「息も全然乱れてないしー！」

「私、できるようになりたい！」

「あっ私も!!」

はしゃいだ感嘆を誰かの一言が、教えを乞う方向へと導いた。一気に注がれてきた視線には、純粋な期待が満ち満ちている。

「分かりました。この『護身術』も、今後教えていく事の一つに追加しましょう。――あぁそれと」

シーラさんの方に目を向け、言葉を続ける。

「先程も言った通り、あくまでもこれは技術であって、体力をつける効果は薄いです。なのでシーラさんにはこれとは別に」

皆に実演をしながら、頭の端でずっと考えていた。無理なく彼女の体力をつける方法は何かないか、と。

段階的に行っていく体力づくりの一番最初。なるべく負荷が少なく、毎日短時間でできるような何かであれば尚よい。そう考えて、一つの答えに辿り着いた。

「『ラジオ体操』をやってみませんか?」

「らじお、ですか?」

首を傾げた彼女を見て、「あぁそうか。『ラジオ』は今世では通じないのか」と思い直す。

前世では、ラジオ体操を知らない日本人はかなりの少数派だっただろう。

大抵の方には、夏休みの朝は親に起こされて集合場所に出向かされた記憶がある。私もその大部分の一人で、少し面倒臭く思いながらもあの馴染み深い音楽に合わせて体を動かしていた。

しかしあれは、何も子どもだけが行う訳ではない。社会人になり早く出勤しなければならない日ができてから気がついたのだけど、朝から公園に集まってラジオ体操をしている年配の方は、意外と多かった。

ラジオ体操は、最低限の体力づくりと健康の維持には、最適だ。

「音楽に合わせて軽く体を動かす運動法、と言えば分かりやすいでしょうか」

「音楽に合わせて？　そのようなものがあるんですか？」

彼女の表情を見るに、この世界には――いや、少なくともこのクレーゼンには、それに類するものはないらしい。

「音楽に合わせてとは言っていますが、自分のペースで行っても問題ありません。自分の体調と相談しながらできる動きを音楽に合わせて行えば、体に負担を掛けすぎることなく体力づくりができるかと」

私が簡単にそう説明すると、「頑張ってみます！」と意気込んでくれた。

翌日から、早速『護身術』の時間が追加された。最初はシーラさんと娘のエレナさんにだけ、その時間に『ラジオ体操』をやってもらおうと思ったのだけど、他の方たちが口々に「シーラだけズルい」と主張するので、護身術を教える前の準備体操も兼ねて、皆でラジオ体操をする事にした。

とはいえ、今世にラジオはない。とりあえず手拍子で代用する事にしたけど、近いうちに何か楽器でも買ってこようかと思う。

第二章　ロナのお店と『物語』

賑やかなクレーゼンの街中は、歩いているだけでも十分楽しい。

「おやアリスちゃん、また買い物かい？」

「はい。今日は食料の買い物当番で」

「食い物ならちょうど旬の採れたて野菜が入ってるぞー！　一個持ってけー」

「ありがとうございます、でもお金は払わせてください」

「そうか？　律儀だなぁ、領主様なのに」

皆、顔を覚えてくれていて、街を歩いていると必ず声をかけてくれる。

彼らから聞く話は、勉強になる事も多い。その度に「街暮らしに大分慣れてきたとはいえ、まだまだ知らない事は多いな」と実感させられるけど、新しい事を知れて嬉しいし楽しい。

そのお礼代わりに、既に終わった食料調達に少しだけ買い物を足した。そんな私を見かねてか、隣を歩くダニエルが小さく笑った。

「アリステリア様と買い物に来ると、毎回荷物が増える増える」

元々は護衛として私の外出に同行している筈の彼だけど、買い物になると毎回荷物持ちと化す。

彼が自ら願い出てやっている事だし、彼自身楽しそうに役割を引き受けているようにも見える。フーも「あいつは心の底から楽しんでいるので、全部持たせて構いませんよ」と言っていたからあまり気にした事はなかったけど、たしかに彼の両手には、既にたくさんの荷物がある。

「すみません。重いですか？」

揶揄(からか)うような彼のあの軽い口調は、別に謝罪も配慮も求めてはいないだろう。そう分かった上で軽口で返すと、彼は案の定「いや、いい負荷になってますよ。体を鍛えるのには、ちょうどいい」と言いながら、お店の人から増えた荷物を受け取った。

「人気者のアリステリア様と共に、街を歩けて光栄です。一つ懸念があるとすれば、思わず俺自身が人気者になったんじゃないかと、錯覚しそうになる事くらいですかね」

「私のような暇人は、きっと皆さんの目に留まりやすいだけですよ」

「普通『ただの暇人が街歩きをしている』というだけで、勝手に知り合いが増えていったりはしないんですよ」

「それは私がどうという話ではなく、私の疑問や世間話に快く応じてくださる皆さんの気さくさと心の広さがあってこそですね」

その結果生まれた繋(つな)がりが、また新たな繋がりを作っていく。ここはそういう事が多い街だ。

それもこれも、すべては牧歌的でどこかのんびりとしていながらも、活気もあるこの街の――クレーゼンの雰囲気が生んでいるのだろう。

彼が褒めてくれているのだろう私は、クレーゼンだからこそ作れているものだ。暗に彼にそう告げると、彼から何故か「仕方がない人だなぁ」と言わんばかりの笑みが返ってきた。

しかし更に言葉を重ねようとしたところで、少し向こうの方に見知った方の姿を見つける。

「グラッツさん」

声をかけると、四角い顔の男性が振り返った。ロナさんの旦那さんだ。

頑固さの象徴のように寄っていた彼の眉間の皺が、私を見つけて少しだけ緩んだ。しかし私は、いつもの彼を知っている。あそこまで悩ましげな顔をしていたのには、きっと理由があるのだろう。

思い当たる何かがあるとすれば、つい先程まで彼が見ていた、彼の店に関する事だろうか。

「お店、繁盛しているようですね」

「えぇ、おかげさまで」

彼の肯定が正しい事を証明するように、お店の窓から見える店内には、たくさんの商品とそれなりの数のお客さんたちの姿があった。

店内にいるロナさんを見て、そういえば先日、彼女が『最近ちょっとの間なら、お客の対応を任されるようになってねぇ』と嬉しそうに報告してくれた事を思い出す。

実際にその姿を見るのは初めてだけど、どうやら楽しく接客できているらしい。いつもと変わらぬ気さくで楽しげな横顔から、今にも彼女の弾む声が聞こえてきそうだ。

身振りで彼女がお客さんに勧めているのだと分かる棚には、見覚えのある刺繍小物が置いてある。

たしかあの場所は、私が以前教えたコンビニレイアウトの理論を参考にして、『売れ筋商品』を置く事になっていた筈だ。どうやらロナさんのお店自体だけではなく、シーラさんが作った商品の売れ行きもいいらしい。

お客さんたちが刺繍小物を手に取り、棚にある小物の数がまた少なくなった。残っている品数を見る限り、先程のグラッツさんの肯定はどうやら真実のようである。

では何故先程、あんな険しい顔をしていたのか。……いや、それ以前に。

「珍しいですね。貴方(あなた)が外にいるなんて」

彼は元々、開店中はあまり店外に出ない。

品物の補充やお店の経理計算、店内の掃除など、お店の中でやれる事はたくさんあるし、事実今まではやっていた。

店先を掃除しようと思って出てきた……という可能性もないわけではないけど、彼の手には特に掃除道具などはない。であれば、何故お客さんたちが店内にいるのに、外にいるのか。

パッと思いつくのは「ロナさんが店内で接客できるようになったから」というものだけど、それだけでは彼が外に出る理由にはならない気がする。

「少し外から店の中の様子を見たくてな」

「店内を、ですか」

「……軌道に乗った物は売れるが、そうでない物や新商品を売るのは、やっぱり難しいな」

そう言った彼の視線の先には、相変わらずロナさんがいた。先程と同じお客さんに、彼女が別の物を勧めている。

刺繍小物の隣に並べているから、おそらくこれから売っていきたい・売っていけると思って置いている品なのだろう。髪飾りと、宝石――と言えるほど綺麗でも磨かれてもいないけど、ちょっとした贅沢品には見える、まるで海のように透き通った青い石を使った、銅のネックレスや指輪など。デザインを見れば、刺繍小物と同じく女性向け商品だという事は一目瞭然だ。

刺繍小物とは違い、そちらの商品はまだたくさん棚に残っている。お客さんたちも、一度手を伸ばしはしたものの、少し眺めると商品を元の場所に戻してしまった。

それを見て、また険しい表情になるグラッツさん。あぁなるほど。おそらく彼が店外にいるのは、店内であの光景を見て、お客さんを威圧してしまう事を避けるためなのだろう。

一人納得していると、グラッツさんが思い出したように「あぁそうだ」と口を開いた。

「最近またロナが、たまに何か考え込んでいる事があってな。近々相談に行くかもしれないから、時間がある時にでも、また適当に相手をしてやってくれ」

ぶっきらぼうな物言いだけど、おそらくこれは「また迷惑をかけるかもしれんが、うちの妻をどうぞよろしく」という意味だ。

頑固さに隠れた彼の内心を、最近私も少し読み解けるようになってきた。それを嬉しく思いながら、私は「もちろん」と笑顔で彼に頷いた。

「いい物が揃ってると思うんだけどねぇ。商売ってやっぱり難しいわぁ」

ロナさんがそんな、愚痴とも相談とも取れる話をしてきたのは、その日の午後の事だった。

いつもの塾の休憩時間。皆でフーの淹れてくれた紅茶を飲みながらの井戸端会議の席で、彼女が「はぁ」と悩ましげなため息をついた後の第一声だ。

「そんな事言ってー。ロナのところの商店は、最近景気がいいんでしょー？　食堂でそんな話をよく聞くわよー？」

「たしかに前に比べれば、その通りなんだけどねぇ。シーラの作ってる刺繍小物を筆頭に売上自体は伸びてるし、赤字経営も黒字に転じて。でも、売れる物は大体決まってて、売れない物との格差が激しくてねぇ」

「全部を売れるようになんて、流石に高望みじゃないー？」

ロナさんの悩みに、リズリーさんがティーカップを口につけながら茶化し気味に言う。

それでいてチラリとこちらに期待の眼差しを向けてくるのは、旦那さんの食堂でお客さんから注文を受ける身であるリズリーさんにも、少なからず心当たりがある悩みだからだろうか。

しかしそれよりも私は、ロナさんが悩んでいる事は察せられても、何に悩んでいるのかまでは知らない様子だったグラッツさんが、彼女と似たような悩みを抱いているらしい事に、思わずクスリと笑ってしまう。

もちろんバカにしたのではない。

夫婦は段々思考も似てくるなんていう話があるけど、正にこれがそういう現象なのではないだろうか。そう思うと微笑ましくなったのだ。

しかし彼女が提示した問題は、よくある悩みであると同時に、侮れない問題だ。決して笑い話にはできない。

「そうですね……。たしかにリズリーさんの言う通り、色々な物が並ぶ店頭で売れ行きのいい物とそうでない物が生まれるのは、仕方がない部分もあるでしょう」

二つ以上の物を並べた時、どうしたって優劣は付いてしまう。これ自体は仕方がない事だ。

問題なのは、優劣が付く事ではなく、優劣の落差が激しい事だ。おそらく彼女が目指したいのも、「両者の落差を少しでも減らしたい」という部分なのではないだろうか。

「ロナさんとしては、せっかく旦那さん——店主のグラッツさんの目利きでいい商品を取り揃えているのだから、売れないのは自分の売り方に何か改善できる点があるからなのではないか、と思っているのですね？」

「そうなのよぉ。それに、最近ちょっと思うのよねぇ。——商売は、ただ物を売るだけの仕事じゃない。作り手が丹精込めて作った物を、お客さんに届ける仕事なんじゃないかって」

そう言って彼女が向けた視線の先には、シーラさんの姿があった。もしかしたら、一針一針を大切にしている彼女の仕事を日々目の当たりにしていて、何か感じる事があったのかもしれない。

「だからねぇ、私、うちの店を『いい物が埋もれてしまわない店』にしたいのよぉ。店も繁盛するし、作り手も嬉しぃ。そんな店になったらいいなぁって。ほら、うちの旦那は、そういうのを考えるのは苦手だから。私が考えなくっちゃねぇ」

難題を前に、自分がしなくちゃという使命感。それだけを見ればプレッシャーを感じてもおかしくなさそうなものだけど、目を輝かせて語るロナさんの姿は「夢を叶えたい」と願う方そのものだった。

彼女が目指したいのは、おそらくすべての商品が売れるお店。まるで荒唐無稽な夢物語のような願いだ。

しかし少なくとも彼女にとっては、それはただの空想ではないのだろう。実現できると信じているのがよく見て取れる。

ならば、私がすべき事も決まっている。

「素晴らしい夢を掲げましたね。ではどうすれば改善できるか、一緒に考えてみましょうか」

彼女の夢に、私も寄り添う。私のそんな宣言を合図にしたかのように、それぞれが「うーん」と唸りながら、いい案はないかと思考し始める。

「立地の問題、とかはないの？　ロナの店って、こう言っちゃあ何だけど、あんまりよくはない方じゃない」

「たしかにねぇ」

「でも立地なんて、そうそう変えられるものでもないでしょー」

今世では、仕事は大体世襲で決まる。親が商人なら子も商人。それに伴い、生計を立てるのに必要な土地も、子どもに引き継がせるものらしい。

それ故に、店舗を持っている店は、そう簡単に店の場所を変えられない。王都では場所取り合戦の節があるものの、田舎(いなか)であるクレーゼンでは店の場所を変えるのは一般的ではない……という話を、以前街に買い物に行った時に、ひょんな事から店主に聞いた。

しかしこれは、「これまではそうで、今も尚(なお)それに倣うのが常識だと考えている方たちが多い」という話でしかない。

ただの固定概念だ。覆そうと思えば、決してできない事ではない。そういう意味では、仕事に見合った土地を手に入れ新しく始めるのも一つの方法ではあるだろう。

しかし、それをやるには時間もお金も手間もかかる。その上私が街を見て回った限り、現状「いい立地だ」と言えるような場所には、大体既に何かしらの店が構えられている。やろうと思ってすぐにできる事ではない、というのが私の見解だ。

ならば少し考え方を変えてみよう。

「皆さんは、どんな商品なら買いたいと思うでしょう」

「え？　そうだなぁ……」

ロナさんが、胸の前で腕を組み少し考えるそぶりを見せた。

「やっぱり長持ちする物ぉ？」

「値段かなぁー。実際にうちでは高いメニューは、美味しくても注文数が少なめだしー」

「私は見栄えも大事だと思います。買う人の好みによるとは思いますが、刺繍小物を作る時に一番気を付けているのがその部分です」

各々の意見に、私も頷く。

実際に、三人の答えはどれも正解だと思う。せっかく買った物なのにすぐに壊れてしまっては意味がない。次にまた買おうとは思わないし、どんなにいい物を店頭に並べても、平民の手の届かない値段では買う方も少ないだろう。

また、見栄えがいい物は単純に目を引く。ちょっとした自分へのご褒美や長く使うような物、誰かへの贈り物を買う時などには、手触りのよさや、可愛さ・美しさ・カッコよさなどを重視して、少々高価でも買う……という事もあるのではないかと思う。

しかし正解だからといって、必ずしも今欲しい答えという訳ではない。

ロナさんも、欲しい答えではなかったのだろう。

「でも丈夫さは使ってもらわないと分からないし、見栄えも、もちろん好みはあると思うけど、どれにだってそのデザインのよさはあると思うのよねぇ。値段は今以上に下げるとなると、仕入れ値を下げないといけないからぁ……」

仕入値を下げるという事は、作り手に支払う金額を下げるという事だ。お店側にとっても作り手にとっても嬉しい商売をするのが目標なら、おそらく値下げは最終手段に近い。その苦悩を、彼女の曇った表情が物語っている。

ならば他にやれる事はないか。私も深く思考を巡らせる。

店内ディスプレイは、先日変えて、既に成果が出ている。その効果を損わずに、更に利益を出せる何か……。もう一つ上乗せできる工夫……。


——前世では、どんなふうに商品を売っていたっけ。

そんなふうに考えてみる。


ロナさんの旦那さんのお店に並んでいる物の多くは、生活雑貨類だ。前世では、どういう時に雑貨を欲しいと思ったっけ。そう考えて、一つ思いつく。

「商品に『物語』を付けるのはどうでしょう」

「物語？」

「ええ。たとえば、目の前にまったく同じ見た目・同じ値段のフライパンが並んでいたとします。ただ置いてあるだけの物と、『この道三十年の金属技師が作った拘（こだわ）りのフライパン』と一言添えてある物。皆さんならどちらを手に取りたいと思いますか？」

「それはもちろん後の方よぉ」

「なんかいい物っぽいもんねー、ベテラン金属技師が拘って作ってるってー」

口々に出てくる意見を聞いて、シーラさんが「もしかして」と口を開く。

「それが『商品に物語を付ける』という事ですか？」

「正解です。ただし作品の作り手にも誠実でありたいのなら、絶対に嘘はつかない事。商品がただ置かれているだけでは知り得ない情報を、お客さんに伝える。そのための物語付けである事を意識した方がよいでしょう」

「なるほどねぇ」

フワリと微笑みながら頷くと、感心したようなロナさんの声が返ってきた。

簡単に言うと、これは『購買意欲を掻き立てる売り文句を付ける事で、商品に付加価値をつける試み』だ。

今話した「誰が作ったか」という文句以外にも、たとえば産地や、よい品を作る店の名も宣伝になるだろう。

ただしそれらの宣伝方法は、今世でもわりと普及している。無意識なのかもしれないけど、今日街で聞いた「旬の採れたて野菜」という触れ込みも同じ宣伝方法に分類できる。

では他に、まだされていないような目新しい宣伝は何かないか。

今パッと思いついたのは、『有力者の御用達』を掲げる事。前世ではネットでインフルエンサーが行っている宣伝方法だ。

しかしこれは、今世ではよく王都で上級貴族が使ってもいる。目新しいとは言い難いし、この方法は、そもそも大勢に話が広まる地盤があってこそ最大効果が発揮できるのであって、田舎のクレーゼンでやっても――効果がゼロとは言わないけど――反響には限度があるだろう。

もっと何か、この地でもうまく使えそうな宣伝方法は……。

前世の記憶まで掘り返して、考えて、考えて、考えて、考えて。一つ思い浮かんだことがあった。

「……たとえばですが、透き通るような青い石の装飾品に『リーレンの涙』という冠を載せてみる、などはどうでしょう」

「リーレンって、おとぎ話に出てくる人魚のぉ？」

「ええ、そのリーレンです」

リーレンとは、「自分を守るために自ら風に散る事を選んだ恋人を想い、彼と出会った海で帰りを待ち続けている」というおとぎ話に出てくる人魚の名前だ。

今世での天地創造の神話の一つであり、彼女が恋人を想って流した清らかな涙が、やがて透明な大海原を創り上げたという伝承があるのだ。

この話のいいところは、この国どころか周辺各国の子どもたちの有名な寝物語である事。おそらく大抵の方は知っている。

「もし『おとぎ話のリーレンが流した涙の一滴が結晶化した物』という触れ込みで売られている、その触れ込みを思わず信じてしまいたくなるような綺麗な石のネックレスや指輪があれば、思わず欲しいと思って、買ってくれそうではないですか？」

　この案の参考にしたのは、前世の博物館のポスターだ。

たしか『世界の秘宝展』と題されたそのポスターのまん中には、展示の目玉である大きな宝石の写真があった。妖しく光るその宝石には「呪われた秘宝」という謳い文句が付けられていて、その展覧会を取り上げたテレビ番組では『美しいその赤い宝石は人を魅了してやまず、持ち主に栄華を約束するが、何故か持ち主は、皆決まって早死にする』という話が語られていた。

　鮮血のように鮮やかな赤色なのが特徴なその宝石は、ネットで調べれば『この宝石が鮮やかなのは、持ち主が亡くなる度に宝石がその血を吸っているからだ』という話が出てきて、更に皆の関心を引いた。

　これに関しては、実際に語られている事が事実かどうかは関係ない。妖しくも魅力的なその物語と、おおよそ信じられそうにはないその話に妙な説得力を持たせる宝石の存在があってこそ。そのポスターには、そのどちらもがあった。

　実際にその展覧会は、全国的にも盛況だった。そうテレビでも、ネットでも有名になっていた。きっと来場者の中には、前世の私と同様に、「それまでは特に宝石に興味はなかったけど、広告に駆り立てられて足を運んだ」という方も、少なからずいたのではないだろうか。

今回は展示品ではなく売り物だけど、あの方法を踏襲する事はできるだろう。

あの宝石のような、物騒で蠱惑的な物語である必要はない。平和でのどかなこのクレーゼンに合うように、物語を変え、品を変える。そうやって少し、応用をする。

「リーレンは、風に散ってしまった恋人の帰りを、出会った海でいつまでも待っている。それがおとぎ話の内容です。そこに『待ちきれなくなったリーレンの涙が、彼と再び巡り合うために、人の手を借りて世界を回れるように結晶化した』という、あるかもしれないし、ないかもしれない物語を付け足せば、どうでしょう」

「幻想的な物語ですね。リーレンが前向きな女性なところも、私は好きです」

「たしかに心惹かれるかもー！」

シーラさんが微笑みながら頷き、リズリーさんも目を輝かせる。

「それ、ちょっと面白いかもぉ」

「気を付けるべき事があるとすれば、決して『本物』を騙らない事でしょうか」

「そうねぇ。嘘は揉め事の種だし、もし揉め事になんてなったら、商品自体の悪評に繋がる。店の売り上げにも打撃だけど、それ以上に作り手に申し訳が立たないもの。気を付けるわぁ」

そこまで分かっているのなら、これ以上の釘刺しは不要だろう。安心しながら笑顔で頷き、「物語の創作になるので、他より少し難易度が上がるかもしれませんが」と言葉を続ける。

「たしかにちょっと難しいかもしれないけど、それでもやる価値はかなりありそう。とりあえず旦那に相談してみるわぁ」

「えぇ、是非そうしてみてください」

話が一段落しテーブルを見れば、皆の紅茶とお皿のお菓子がちょうどなくなっていた。私は「では」と席から立ち、皆を見回しながら言う。

「では日課のラジオ体操をやってから、またそれぞれの勉強を再開しましょうか」

「よーし！」

「わーい!!」

「私、結構好きなのよねぇ。ラジオ体操。踊りみたいで楽しいし」

先日から始まった音楽に合わせて体を動かす運動は、よほど新鮮だったのか、あっという間に皆のお気に入りになった。今や皆の要望に応え、毎日休憩後にやるという決まりもできている。

ワラワラと庭に出ていく皆を見送り、私は先日街で購入した弦楽器を窓際に置き、近くの窓を開ける。

ラジオ体操の振り自体は、前世でやっていたものを、そっくりそのまま踏襲した。

最初は「前世でやっていた小学生の時なんて、もう随分と前。忘れてしまっているかもしれない」と思っていたけど、やってみると案外体が覚えていた。自分の動きを真似（まね）てもらって、それほど苦もなく教えられた。

皆の前に立つ見本役は、皆で持ち回ってもらっている。

今日の見本役当番は、どうやらシーラさんらしい。皆の前に立った彼女の目配せに、私は頷き視線を手元に落とす。

手元にあるのは、前世で言うところの琴に似た楽器だ。

ラジオ体操には欠かせないラジオ音楽は、残念ながらここにはない。だからその代用として、私がこれで音楽を奏でる。

まさか、中学校のクラブ活動で練習した琴が、こんなところで役に立つとはね。

密（ひそ）かにそんな事を思いながら弦を弾（はじ）くと、これまた琴を思わせるような少し上品な音がした。

軽快なリズムの音楽は、この音には少し似つかわしくないかもしれない。それでも伴奏を終え、皆が揃って一、二、三、四と、手を上に伸ばしてから横に下ろす運動を始めれば、立派なラジオ体操の出来上がりだ。

小学生の時に見た子どもたちの怠（だる）そうな体操とは違い、ピンと手を伸ばし丁寧に、楽しげに行われているラジオ体操は、私の目から見てもどこか新鮮で楽しく、口元が綻ぶ。

ラジオ体操を始めて、そろそろ一ヶ月くらい経（た）つだろうか。シーラさんも、最初こそ息切れしていたものの、最近は問題なく最後までできている。

そろそろ、次のステップに行ってもいいのかもしれないな。

……そうだ。皆、音楽に合わせて体を動かすのは好きみたいだし、軽めのエアロビクスを加えてみるのはどうだろう。

幸いにも、前世で友人に付き合って入ったジムのスタジオプログラムというものの中に、エアロビクスもあった。何種類かやった事があるから、その中から教えられるだろう。

――少し経ったら、ロナさんたち自身に振りを考えてもらうのもいいかもしれない。

そんな事を考えながら弦をつま弾いているうちに、今日のラジオ体操も終わりに近づく。

どうやらそれを、音楽で察知したらしい。「お、そろそろ出番だな？」という声がしたと思ったら、ダニエルが窓のすぐ外にいた。腕まくりをし始めた彼に、フーが呆れ声で「何でやられ役が一番やる気なのよ」と言う。

「だって、相手をすればするだけ皆上達するし、俺は俺で相手の攻撃を受けつつうまく力を往なす練習になるんだぞ？　いい事しかない！」

ニカッと笑っているダニエルもまた、おそらく過去の私と同じく『教える楽しさ』を知ったのだろう。

楽しそうなら、何よりだ。そんなふうに思いながら、私はラジオ体操の最後の一音を弾き終わったのだった。

「アリスにねぇ、商品に物語を付けてみたら売れるんじゃないかって教えてもらったのよぉ」

塾が終わり家に帰って、旦那と共に夕食を囲んでいる時に、ちょうどいいからと早速グラッツに今日の話を切り出した。

彼は「物語？　何だそれは」と言いながら、食べる手を止めない。おそらくあまり興味をそそられないのだろう。でなければ、この話のすごさをあまりよく分かっていないのだ。

今日アリスがしてくれたこの提案を聞いた時、私は感心という言葉では言い表せないくらい、ものすごく感心した。

前からアリスは突拍子もない案を出したり教えたりしてくれるけど、今回ほど強い驚きと納得を同時に感じた事はない。

商品への物語付け。あれはものすごく画期的だ。一度知ってしまったらもう知る前の自分には戻れないと思うくらいには、魅力的な話だと思う。

それをこの頭の固い男に理解してもらうには、どうすればいいか。少し考えて口を開く。

「あんた、このスプーン見て買いたいと思う？」

「思う訳ないだろ、そんな使い古したスプーン。そろそろ薪にでもくべるかっていう感じだぞ」

「じゃあ、もしこれが『スプーン作りの鬼才が作った物です』っていう話だったら？」

「それでも買わん。そんなボロボロ」

言われて、私は自分が持っていたスプーンと数秒間にらめっこをする。

……まぁたしかに、それはそうだ。こんなボロボロ、どうせすぐに使い物にならなくなる。使い物にならないスプーンなんて、ゴミだ。ゴミを買う人なんていない。

「アリスって本当にすごいのねぇ……」

たとえ話って意外と難しい。そんな事実に直面し、思わず遠い目になってしまう。

そんな私を見かねてか、グラッツがわざとらしく深いため息をついた。

「それで、結局何が言いたいんだ」

「……だから、売り物はただ店頭に並べるだけじゃなくて、ちゃんと売り文句を作った方が売れるんじゃないかっていう話」

観念してたとえ話をやめると、グラッツが変な顔になる。

「別にお前、やってるだろ。シーラさんの作ったやつとか」

「え？」

そう言われて、シーラの作った刺繍小物をお客さんに勧める時の事を思い出そうと試みる。

えぇと……たしかいつも「これは私の友人が、一針一針丹精込めて縫って作っている品で」とか、「領主様に教えてもらった刺繍で」とか？　――あぁたしかに。

「そっかぁ。だから売れるのかも」

「あ？」

片眉を上げてこちらを見てくる彼は、今にも「何だそれは」と言いたげだ。

長い付き合いだ、彼が何を言いたいのかは分かる。

「別に『商品の品質がよくない』とか、『私の触れ込みのお陰で商品が売れてる』って思ってる訳じゃあないわよぉ」

実際にシーラの作る商品は、素人目に見ても物がいい。これは多分贔屓目ではないと思う。ただ、同時に思うのだ。

「お客さんに購入を勧める時に、シーラの作る物は何でか他の商品よりも勧めやすくってねぇ。前からずっと『何でだろうな』って思ってたんだけど」

その謎が今、解けた気がする。

「私はシーラの事も、シーラが作る物の事も、他の商品よりよく知ってる。もしかして、だから勧めやすいのかなって」

どの商品よりも自信を持って勧められる。それをお客さんに伝えられる。だからお客さんも、安心して買い、売れるから商品に自信がつく。

今まで無自覚に使っていた宣伝方法は、知らず知らずのうちに、そんな好循環を生んでいたのかもしれない。という事は。

「もしかして、物語を付けて宣伝するっていうのは、『その商品の事をよく知る』っていう事!?」

アリスに言われた事を実は既にやっていた事にも驚いたけど、それ以上に、そんな事実に気がつけた事への喜びの方が圧倒的に上回った。

そんな私をチラッと見て、グラッツがまた一つため息をつく。

「で、お前は結局何が言いたいんだ」

「店頭でお客さんにうまく商品を勧めるために、まずは商品の事をもっと知る必要があるっていう事が今分かったわぁ！」

「……で、最初に言ってた『物語』ってのは、結局何なんだ」

「あ」

結局その部分を説明し損ねている。言われて初めてそう気がついて、どうしたものかと考える。

説明しようとして、一度うまく伝わらなかったのだ。どうやったら伝えられるのか。

少し「うーん」と考えて、思いついた。そうだ、昼間にアリスが話していた内容を、そっくりそのまま言えばいいんじゃあ？　でも、えーっと、なんて言ってたっけ。

頭の中の記憶を掘り返し、一生懸命思い出す努力をする。

「えぇとねぇ……たとえば同じ形と値段のフライパンが店頭に並んでるとして、ただ置かれてるだけのやつと『この道三十年の金属技師が作った拘りのフライパン』って言われているやつだったら、どっちを買う？」

「言われてるやつ」

「でしょ？　そういういい触れ込み文句を、売り物にそれぞれ付けたらどうかって」

「その触れ込み文句が『物語』っていう事か」

納得したように頷いた彼を見て、とりあえず「よかった、伝わった」とホッとする。

「シーラの作ったやつには無意識で似たような事をやってたけど、宣伝文句はあらかじめ作っておいた方が、私もパッと勧めやすいしぃ」

それに、あらかじめ頭を捻って考えた宣伝文句の方が、その時にパッと思いついたものより効果的に勧められるような気がする。

「この際シーラの刺繍小物も、もうちょっと『この道三十年の金属技師が作った拘りのフライパン』にみたいに、聞き映えする文句にしたいわねぇ」

「……『アリステリア様の弟子が作った』みたいな事か」

「そうそう、そういうの。あとアリスが、綺麗な石のアクセサリーとかに『リーレンの涙』っていう名前を付けて売ってみたらどうかって」

「リーレンっておとぎ話のか」

「そう、それそれ。それでねぇ、その名前とその名前に込めたアリスの物語を聞いて、私、一つ心当たりのある商品が思い浮かんで――」

いつの間にか、グラッツのご飯を食べる手が止まっていた。私も話し出したら止まらなくて、あれもこれもとどんどん話したい事が出てくる。

二人であーだこーだと話し合うこの時間は、本当ならお店をよりよくするために苦悩するような時間なのかもしれないけど、楽しくて楽しくて仕方がない。

そんなふうに思えている自分も好きで、話しているうちにいい案が出ると嬉しそうな顔をするグラッツの表情が見れて嬉しくて。


あぁ、やっぱりアリスは、すごい人だわぁ。そう思わずにはいられない。

だから尚の事、アリスが驚いたり喜んだりしそうな、いい宣伝文句を思いつきたい。


密かにできたそんな目標が、物語を考えるのを更に楽しくさせた。

今日の空模様は、曇り。しかし空にかかる憂鬱な灰色を吹き飛ばすような活気が、メティア塾にはあった。
「前にアリスから貰った『商品への物語付け』の話、旦那と相談したり、旦那と『いい物語を付けるために、商品とか工房の話を職人たちにも聞こう』っていう話になって聞きに行ったり、色々し

てねぇ！」

弾んだ声でそう言いながら、ロナさんがティータイム休憩中のテーブルの上に店から持ってきた商品たちを出す。

商品には、セットで木紙も置かれていた。そこに書かれているのは、おそらくその商品に付けようとしている物語なのだろう。皆興味津々で、すぐにテーブルの上に視線が集まる。

「えーっと、アクセサリーと小物商品ー？」

「うん。まずはそこからやっていこうかなって思って。グラッツと『物語を付けるなら、女性ものの方がウケよさそうじゃない？』っていう話になってねぇ」

「たしかにそれはそうかもー」

シーラさんの隣で商品を見ているエレナさんが、「わー！　きれーい!!」と目を輝かせている。

たしかに彼女が言う通り、テーブルの上が一気に華やいだ。

「手に取ってもいいですか？」

「いいわよぉ」

ロナさんの許可が得られたという事で、皆それぞれ積極的に、手近にある商品を手に取っていく。

木紙に書かれている字を見ながら「以前は誤字や癖字のせいで一部想像しながら読む必要があったけど、こうして見ると随分と字を書くのが上手(じょうず)になったなぁ」と、少し感慨深くなる。

今回の事もそうだけど、ロナさんは何に対しても積極的で、行動力のあるところがいい。四苦八苦しながら字を覚えていた過去があるからこそアイデアをこうして書き留めて皆に共有できるのだと思えば、しっかりと身になってくれていて嬉しい気持ちにもなってくる。

「シーラが作っている刺繍小物にも、物語を付けたんだねー。えーっと、何々……『淑女・ヴァンフォート公爵令嬢お墨付き、一番弟子の清廉刺繍シリーズ』？」

リズリーさんが手に取っているのは、シーラさんの刺繍小物だ。彼女が木紙に書かれていた内容の一行目を読み上げると、自信ありげなロナさんが「ふふん、いいでしょぉ？」と胸を張る。

「この文言は、シーラとフーにも一緒に考えてもらったのよぉ」

「お嬢様に関する事であれば、私が最適任かと思いまして、お二人がお話されているところに参加させていただきました」

いつの間にか隣にいたフーが、すまし顔でロナさんの言葉に続く。

淑女・ヴァンフォート公爵令嬢お墨付き、『一番弟子の刺繍』シリーズ。

貴族界で『刺繍でこの人の右に出る者なし』と言われた王太子の元婚約者が、一針一針心を込めて縫う事の大切さを説きながら教えた刺繍。これらの刺繍には、「この品を使う人が小さな安息と幸せを得られますように」という想いが籠(こも)っている。

あの時あの場に私もいたから知っているのだけど、たしかそんなふうに書かれていた筈だ。

因(ちな)みに私も少しだけ助言をした。元々三人で作った案に「『王太子の元婚約者』という言葉を入れた方が、より宣伝文句としての印象が強い」とアドバイスをしたのは私だ。

フーは「わざわざ自分から婚約破棄された事を、前面に押し出さなくとも」とあまりいい顔はしなかったけど、私自身別に気にしていないし、何ならあれがあったから今私はクレーゼンにいられるという事情もある。むしろ感謝しているくらいだし、使える文句は最大限使うべきだろう。

結局「そもそも私が殿下から婚約破棄をされた事実は変わらないのだし」という私の一言で、しぶしぶフーも折れてくれた。

その代わりと言わんばかりに彼女から提示された「ならば『貴族界で刺繍でこの人の右に出る者なしと言われた』という文言も使いましょう」という話は拒否できなかったけど、仕方がない。この際若干の恥ずかしさも、甘んじて呑(の)み込む事にした。

「こんなに私の作った物を褒めてもらえて、少し照れてしまいますが」

「えぇ？　そんな事ないわよぉ」

はにかむシーラさんの背中を、ロナさんが笑いながらバシッと叩(たた)く。

「事実だと思うから付けたのよぉ。文句だけ立派で商品が劣るようじゃあ、結局買ってくれないだろうっていう話もグラッツとしたしねぇ。だから過剰に褒めてはいないのよぉ？」

「シーラはもう少し自分の作る物に自信を持っていいっていう事だねー」

実際には、シーラさんの自己肯定感は当初と比べれば随分と上がっている。それでもまだ足りないと周りが思うのは、彼女がそれだけいい仕事をしている事の証明だ。

シーラさんは、少しキョトンとしたものの、すぐに口元を綻ばせ「ありがとうございます」とお礼を言った。これまたロナさんたちからすれば、「私たちはただ思った事を言っただけなんだから、お礼を言う必要もないのよぉ」という事らしいけど、何とも微笑ましいやり取りだ。

「あ、こっちはこの前アリス先生が言ってた『リーレンの涙』のやつだ！」

「あぁそれはねぇ、ちょうどイメージにピッタリの商品があったから」

「うん、ピッタリ！　かわいー!!」

はしゃぐエレナさんが見ているのは、透き通るような青い石を使ったネックレス。先日グラッツさんと店の外で会った時に見たアクセサリー類のうちの一つだ。

私自身、リーレンの話を思いついた時に頭に思い浮かべたのは、このアクセサリー類だった。ロナさんたちも同じように思ってくれたのなら、私も嬉しい。

これにも木紙が付いているので、興味をそそられて横から少し覗(のぞ)いてみる。


『リーレンの涙』シリーズ。

おとぎ話の人魚・リーレンが流した涙の一滴。

海で恋人を待ち疲れたリーレンに代わり、自ら恋人を見つけに行くために結晶化した。アクセサリーとして人の手に渡った先で、恋人に巡り合える事を祈っている。

身に着けていると、もしかしたら恋人探しの手伝いをしてくれるお礼に、人との良縁を繋いでくれるかもしれない。


なるほど、以前私が話した内容から、グレードアップされているみたいだ。

「こっちは職人のところに話に行った時に、偶然居合わせた娘さんがかなり乗り気でねぇ。一緒に考えてくれたのよぉ。結構いい出来だと思うんだけど、どう？」

「とてもいいと思います」

私がそう頷くと、嬉しそうなロナさんから「アリスにそう言ってもらえると自信になるわぁ」と言ってくれた。しかしいいと思ったのは私だけではない。

「純粋にアクセサリーとしての魅力に、おまじない的な要素も追加したんだねー。これ、かなりいいかもー。売れるんじゃないー？」

「お母さん、私、これ欲しい!!」

リズリーさんに続き、エレナさんも早速シーラさんにせがむ。

シーラさんは少々困っているけど、値段を確認して「じゃあ」と一つ条件を出す。

「塾で頑張ってるし、この前アリス先生から教えてもらった新しい図案が綺麗に刺繍できるようになったら、ご褒美で一つだけ買ってあげましょう」

「ホント!?　じゃあすっごい頑張る!!」

腕まくりしながら「よーし、やるぞ！」と張り切るエレナさんが、可愛らしくて非常に和む。

皆も同じだったのだろう。ほのぼのとした空気が広がっていく。

しかし今回の収獲は、塾内に広がる天気の悪さを吹き飛ばすような和やかさだけではない。

「もし後続を作る予定なら、売り出す前にまたここでまずは皆さんに見せてみるのがいいかもしれませんね」

ここに持ってくれれば今日のように、宣伝文句の感触が分かるだろう。それだけではない。ここで先んじて知った宣伝文句を皆が街で話の種にすれば、天然の口広告にもなる。

話して回る事を義務にはしないけど、ここにはお喋り好きや、新し物好きな方も多い。いい宣伝文句や商品ならば、自ずとそういう図になるだろう。

「私たちも楽しかったし、先に知れるのは特別感があって嬉しいしねー」

「そうですね、また見せてください」

皆の言葉にロナさんは「ありがとう、助かるわぁ」と言って笑った。

「じゃあ遠慮なく使わせてもらおうかねぇ」

「えぇ、楽しみにしています」

領主館の執務室。書類処理のために机に向かっていた僕は、未処理が最後の一枚になった事を確認してから、ふぅと小さく息を吐いた。

レンズを拭くべく眼鏡（めがね）を外せば、目に見える物の輪郭がぼやける。

こういう時、アリステリア様がクレーゼンに来る前までは、決まって眩暈（めまい）のような不快な感覚に襲われていた。その原因が、実は仕事を抱えすぎていたせいで感じていたストレスや疲労のせいだった事に気がついたのは、悪環境が改善された後になってからだ。

寝る間も惜しみ一人でこなしていた仕事を部下に割り振るようになってから、もうそれなりの時間が経った。自身の領主館業務にゆとりが出た今、本当の意味で仕事を楽しいと思えるようになった気がしている。

綺麗になった眼鏡を再び掛けたところで、最後の書類が目に入った。

内容は、新事業――クレーゼンにおける乳製品・チーズ開発の、他領派遣要員に関する事。目指す領地や日程、予算から幾らの費用を引っ張ってくればいいか。そんな情報たちの横に、自分の字で何名かの派遣候補者の名前が走り書きされている。

誰を派遣するか、アリステリア様に一任されてから、僕は色々と考えた。

ただ自分が最適だと思う人を選べばいいだけ。しかし今、その『ただ』が意外と難しい事を、遅ればせながら痛感しているところだ。

この派遣には、クレーゼンの未来を左右する大事な事業の行く末がかかっていると言っても過言ではない。しかし予算的にも先方の迷惑を考えても、行かせられる人数は限られている。

それとは別に、クレーゼンを維持する業務もあるのだから、運営業務の中核を担う人間はいくら優秀でも行かせる事はできない。本当は自分が行きたいくらいだが、同様の理由でそれは不可能だ。

そう考えると、他領で問題を起こさない、かつきちんと現場を見て過程や成果を報告できる人材に行ってもらう必要がある。

自領の発展を思い献身的である人物かつ、新事業に関する知識を持っている事が好ましい。そんなふうにズラリと条件を並べてみた結果数人の候補が上がった訳だが、まだ最終決断ができていないというのが現状だ。

「実際にチーズ作りをする牧場の人間は、早々に選定し終わったのになぁ……」

そちらは牧場側からの強い要望があったから、わりとすんなりと決定した。

ベテラン一人と若手二人の計三人の打診で、意欲や実力を鑑みての人選だという事や、『長く事業を展開するためにも、若手を一緒に連れていきたい』という思いからの人選である事を告げられて、こちらが納得した形だ。

特に後者には感心したし、牧場の人たちも自分たちと同じように、本気で長く続ける事業にしたいと思ってくれている事が分かって嬉しくもなった。

だからこそ、きちんと適任者を任に就けたい。そんな思いで、三人の最終候補の名前を改めて見る。

一人目は卒なく仕事をこなすベテラン文官。二人目は領主館の中でも目立つ、ハキハキとしたタイプの出世株。そして三人目は、仕事ぶりこそ地味だけど、新事業に意欲の見える縁の下の力持ち。

「――やっぱり、彼女か」

呟きながら、三人目の名前に丸を付ける。

その名は、テレサ。仕事と同じく自己主張も控えめな女性文官で、経験値が少ないため一人だけの文官枠を埋めるのに、まったく不安がないとは言えない。

それでも彼女の真面目で堅実な仕事ぶりと、簡潔に纏められた報告書は評価に値する。

新事業に関する知識もあり、牧場の面々や先方と衝突するような性格でもない。縁の下の力持ちとして、きっと頑張ってくれるだろう。

ちょうどそう思った時だった。

コンコンコン。扉のノック音と共に、三つ編みに丸眼鏡を掛けた女性文官が書類を持って入室してくる。

「失礼します。ルステンさん、先日行われたチーズ作りに関する会議の議事録、記載しましたのでご確認いただきたいのですが」

「ありがとう、テレサ。ちょうどいい。君に話しておきたい事があるんだが」

僕の言葉に、彼女が小さく首を傾げた。

きっと心当たりなど、まるでないのだろう。一応文官から新事業の派遣要員を出すという話は領主館内に広まっている筈なのだが、実績が積める機会を目をギラつかせて狙っている人もいる中で、彼女は自分が選ばれる可能性などあまり考えていないらしい。

「チーズ作りの見学があるだろう、他領への。その派遣要員なんだが――テレサ、君に行ってもらいたい」

「えっ!?」

目を丸くした彼女の目の奥に、選ばれた事への喜びが少なからずあったのを、僕は見逃さなかった。

「特別な仕事を任せるつもりはない。少し場所が変わるだけで、君にしてほしい仕事は今と変わらない。君らしい仕事をしてきてほしい」

素直な気持ちを伝えると、彼女は使命感を滲(にじ)ませながらしっかり「はい」と応じてくれた。

若干の緊張が見られるが、決意の灯(とも)った彼女の目を見て、僕は「この子になら任せて大丈夫だ」という確信を抱いたのだった。

閑話　エストエッジの夢想

――どうやら先日、殿下が元婚約者アリステリア・フォン・ヴァンフォート公爵令嬢に投げ飛ばされたらしい。

そんな噂が城内で真しやかに囁かれている事は、当事者である私の耳にも入ってきている。

最悪だ。体格でも力でも勝っている筈の男が、女に投げられた。そんな醜聞が広まってしまっているのもだが、男が女に投げられただなんて。事実だから聞く度に、あの時の事を思い出し、嫌な気持ちにさせられる。

おそらくこれ以上の屈辱などない。

執務机に両肘をつき頭を抱えて、心の奥底から無限に生まれてくる羞恥なのか、恨みなのか、後悔なのか分からない感情を追い出すべく、ため息をつく。

おそらく少し動いた肘が、書類の山に掠ったのだろう。すぐ近くでガサーッという、書類の山が崩れたような音がした。

が、拾うどころか見る気にもなれない。

今の自分は、正にこの積み上げられた書類のように、あと少しでも突かれたらすぐにでもバランスを失って崩れ落ちる。そんな錯覚さえ抱いているのだから尚の事、近い自分の将来を彷彿とさせるものなど視界に入れたくなかった。

あの時私はただ、まだ話の途中なのに誰か人が来て邪魔をされたら嫌だから、少し移動したかった。ただそれだけなのにその結果が、今のこの有様である。

移動するために、彼女の手を引こうとしたのがいけなかったのか。それとも彼女と話をしようと思ったのがいけなかったのか。

いや、もしかしてアリステリアを連れ戻そうとしたから。それともそもそもアリステリアに婚約破棄を告げたから……。

いや、違う。

あの婚約破棄は、サラディーナのために必要だったのだ。サラディーナと共にこの国を支えていく自分に必要だったのだ。ひいてはこの国のために必要だったのだ。

――そう、問題はあの日の事がどこからか、噂になった事にある。

あの場には俺に近しい人間かアリステリアに近しい人間以外は誰もいなかった筈なのに、何故事実が広まっているのか。

その答えはもう、分かっている。

「自分が社交界に出られないからって、殿下にも同じ目に遭っていただこうだなんて。そんなの、殿下が可哀想……」

先日サラディーナに会った時に、そんな言葉で慰めてくれた。

眉をハの字にして心底心配してくれた彼女を見て、私はハッとさせられたのだ。

アリステリア。彼女が噂を流したに違いない、と。

卑劣だが、非常に効果的な手だ。

彼女は先日の『陛下にクレーゼンを教育特区として認めさせた件』以降、王城内でもちょっとした話題になっている。

今や彼女は『王太子に婚約破棄され、煌びやかな社交界から田舎へ追い出された令嬢』から完全に、『王都から離れたクレーゼンという地で、教育特区という新しい試みをする事を陛下に認められた、時代の先駆者かもしれない令嬢』に転身した。

彼女への悪印象は、完全に塗り替えられたと言っていい。

そんな彼女があんな噂を流せば、周りはすぐに信じるだろう。より面白おかしく尾ひれを付けながら、すぐに広まる事だろう。

……少なくともそれまでアリステリアは、噂を悪用はしなかった。変わってしまったのか、隠していたものが外に出てきたのか。どちらかは分からないが、あちらは黒い思惑を、無事に成就させてみせた。

対して自分はどうだろう。

そんな優秀な人材を、自ら手放した愚かな王太子。周りからは「婚約者を失って以降、仕事も滞り、目の下にも隈が。近頃は以前までのような、悠然とした雰囲気も失われた」「あんな王太子に国を任せて大丈夫なのか」と囁かれ、不信感は募る一方。

もちろんすべての人間から、支持を得る事など不可能だ。

あの完璧だったアリステリアだって、妬み嫉みを受けていた。その上私は、生まれてからずっと王太子という地位にいるのだ、自分の立場が周りの嫉妬を買う事は理解している。

しかしそれを差し引いても、現状はかなり悪い。打つ手がないまま悪化し続けている。このまま行けば、私は『王太子という地位』を奪われてしまうかもしれない。

息苦しい、しんどい、もう逃げてしまいたい。アリステリアが隣にいた時にはそんな事を思った事などなかったのに、今はそればかりが頭をグルグルと回っている。

すべてアリステリアのせいだ。憎らしい。もう手元に置こうとは思わない。ただどうにかしてやりたい。でも、勝てる気がしない。

そんな堂々巡りな思考の檻に閉じ込められているせいで、そうでなくても溜まり続けていた書類仕事が、最近は一層手につかなくなった。

書類は溜まっていく一方だ。……いっそその事もうこの部屋の書類を全部捨ててしまえたら、楽になるだろうか。

「殿下、サラディーナ様がお出でです」

サラディーナの名前に、まるで膜が張ったかのようにぼんやりとしか聞こえていなかった聴覚が戻ってきた。半ばすがるような気持ちで頭を抱えていた手を解き、顔を上げる。

いつの間に開いていたのか、扉の向こうにサラディーナの姿があった。アリステリアを婚約破棄したあの日と変わらず、瑞々しくて可愛らしい。いやむしろ、自分が贈った服や装飾品の分だけ、可愛らしさに磨きがかかっただろうか。

癒やしの到来への喜びと、会いに来てくれた事への安堵、「可愛らしい彼女の隣に、寝不足のせいで容姿を損った自分がいてもいいのか」という負い目に、苦しむ自分とは正反対に元気そうな彼女への恨めしさ。様々な感情がない交ぜになって、どんな顔をしていいのか迷う。

しかしそんな私に対し、あくまでも彼女はいつも通りだった。

「殿下。私、ケーキが食べたいです」

気がつけばその言葉に応えて、ティーテーブル――彼女の向かい側に座っていた。

「そういえば先程廊下で通りがかりに、他の人たちがアリステリア様について話しているのを聞きました」

幼少期からの教育で染み付いた所作で用意させたケーキと紅茶を処理していると、彼女が思い出したようにそんな事を言う。

その話は今出さないでほしかった。だってどうせまた、私がアリステリアに投げ飛ばされたという話か、そうでなければアリステリアの優秀さを語る話題に違いないのだ。

そんな話を聞いたところで、不快になるか追い詰められたような気持ちになるかしかない。

しかし彼女に「聞きたくない」というのは、何だか自分の器の小ささを証明しているかのようでもある。荒(すさ)んだ心にまだ残っていた王太子としての自尊心が、その話題を拒絶させてくれない。

しかしそれが結果的に、いい結果を呼び込んだ。

「アリステリアさんがクレーゼンの教育特区化を打診し認められた事で、皆彼女を褒めそやしていますけど、私、心配しているのです。だってもしこれで彼女が失敗したら、周りはすぐに手のひらを返すでしょう?」

「……アリステリアは、失敗しない」

「そうでしょうか。この世に『絶対』はありませんよ?」

少し話を聞く気になったのは、心が勝手に「絶対などない」という可能性を信じたくなったのと、サラディーナの柔らかな手が、私の手を優しく包み込んだからだ。

「特に彼女は今、王都にはいません。物理的な距離がある以上、たとえば王都で嫌な噂が流れてしまっても、すぐに訂正する事はできません。それどころか、王都で悪い噂が流れている事さえ、知るには時間がかかってしまいます。――すぐに対処できないなんて、ものすごく不利な状況だと思いませんか?」

包み込むような、あやすような、そんな声色に導かれて、目の前に立ち込めていた思考を遮る霧が晴れていくような錯覚を得始める。

「……しかしアリステリアはつい先日、法律違反の件で城に召喚された時に、既に一度その不利をはね除けている」

「一度目は難を逃れたからって、またできるとは限らないじゃないですか」

一度目をうまくやったから、次もうまくやるに決まっている。元々アリステリアは完璧だ。だから尚の事、彼女が失敗をする想像ができなかった。

しかし私に囁く目の前の彼女は、そんなのは幻想だと言わんばかりだ。

幻想、なのだろうか。でももし本当にそうならば。もし本当にアリステリアをうまく堕とす事ができるなら……。

貴族や王城の人間たちが手のひらを返す早さは、一連の件で俺自身が身に染みてよく理解している。それをうまく利用できたなら。

「特区の話は立ち消えに。『そんなふうに国を振り回した彼女と婚約破棄した私には、先見の明があった』と、『正しかったのだ』と、皆思うに違いない」

そうなれば、私は再びこの王城で楽に息が吸えるようになる。そんな未来を夢想すると、幾分か気分がよくなった。

きっと真っ向からは、無理だ。しかし彼女は今、『立地』という不利を背負っている。思えば前回だって、濡れ衣を着せ王城に連れてくるところまでは、こちらの手のひらの上だった。

「前以上に慎重に、うまくやればいいだけだ」

そんな私の呟きは、おそらくサラディーナには聞こえていなかったのだと思う。

純粋にアリステリアの事を憂いている彼女に聞かせてしまっては、幻滅されるかもしれない。そうハッとして彼女に目をやったが、彼女は嬉しそうにケーキを食べていた。

その姿に少しばかり心が安らいだ気がしたのは、自分の心に余裕ができたからだろうか。

やはりサラディーナは、私の光だ。思えば彼女が聞いてきた情報のお陰で、アリステリアから解放されたのだ。今も尚側に居てくれる彼女には、本当に感謝以外にない。

「あの……」

「何だ」

せっかくいい気持ちだったのに、邪魔をされて苛立った。それが声色に出たせいか、不躾にも話しかけてきた文官はビクリと肩を震わせる。

父王が私の仕事の滞りを、見かねて増やした文官だ。書類を持ってくる事しかできない無能で、ほら今もその手に持っているのは、一枚の決裁書類である。

「ご歓談中のところ大変申し訳ないのですが、この書類の承認印を頂きたいのです。既に期限を二週間も超過しています。流石にこれ以上は待てないと、方々からもせっつかれている状況で……」

そう言われれば、たしか昨日もその前にも、この男は「本日中に決裁印が欲しい」と言ってきて

いた。もしかしたらその書類がこれなのかもしれない。

が、この男の言う通り、今は主の歓談中だ。本当に無礼極まりない。

「そんなに決裁印が欲しいなら、そこにある。自分で押していけ」

「し、しかしこれば、王族以外の押印は禁じられていて――」

「王族であるこの私が、『押してよい』と許可を出している！」

あまりにしつこいので威圧的に言えば、男は顔を真っ青にした。この程度の威圧に気圧される人間が王太子に意見してくるなど、論外中の論外だ。

……しかしまぁ、これで従順になるのならアリか？　ふとそんな思考がもたげてくる。

あぁ、いい事を思いついた。そう思えば勝手に口角が上がった。

「まぁたしかに、方々からせっつかれているとなれば、お前も板挟みでさぞ大変だろう」

「殿下……！」

「だから今纏めて許可してやる。――ここにあるすべて、そしてこれから来る決裁書類の印は、お前が代行で押すがいい」

「そっ、それは！」

男が顔に、絶望と焦りがない交ぜになったような表情を張り付けた。

狼狽えていて、いい気味だ。加えて俺の仕事も楽になる。わざわざ自分の手で書類を処分しなくても、勝手に視界から消えてくれるようになる。これほどいい案もないだろう。

「役の一任だ。分かったな？」

もちろん有無は言わせなかった。彼は蚊の鳴くような声で「はい」と返事をしたのだった。

転生令嬢アリステリアは今度こそ自立して楽しく生きる
～街に出てこっそり知識供与を始めました～

第三章　シーラの成果

「またそろそろ殿下が動き出してても、おかしくない頃だと思うのです」

昼食後の穏やかな一時を、クレーゼンの市井の家でいつものように過ごしていた時だった。突然そんな話をし始めたフーに、私は思わずキョトンとしてしまう。

ここは社交界には縁のない、のどかな領地の和やかな家の中だ。あまり似つかわしくない話題である。それでも元々表情に出る方ではない彼女の眉がひそめられているのを見てしまうと、注意する気にも、「考えすぎですよ」とはぐらかす気にもなれない。

「そうね」

「……お嬢様は優しすぎます」

私の同意から、きっと「分かっていて敢えて動いていないのだ」と察したのだろう。ため息交じりに言われてしまった。

「お嬢様であれば、最初から何も起こり得ない状況を作る事も可能でしょうに」

「そんなに強い力はありませんよ。しかし、私はこうして王都の外に逃げる事だってできますが、彼は立場上それができません。そんな方相手に居場所を脅かすなんて事、できればしたくないではありませんか」

そう。私が殿下に対して能動的に動かないのは、つまるところ「他人の居場所を奪うような事をするのは気分がよくない」という私見が大きい。別に優しい訳でもない。

しかしそんな私の主張は、フーには不服なものだったようだ。

「お嬢様、先日掛けられたばかりの法律違反――ひいては叛逆の意思ありという疑いを、もう忘れてしまったのですか」

「もちろんそれは覚えているけど、既に終わった事でしょう？　事なきを得たのだし、いいじゃない。思惑が外れてしまった事で、十分彼への意趣返しにもなったと思いますし」

「殿下を投げ飛ばしもしたしな」

フーの視線の矛先が、横入りしてきたダニエルに向いた。

邪魔するなと言いたげな視線を見て、彼はすぐに両手を上げる。フーの目が呆れに変わったのは、もしかしたら「そんなにすぐに降参するのなら、最初から茶々を入れるな」とでも思ったのかもしれない。

「……お嬢様は、いい加減殿下を嫌いになってもいい筈です」

「別に彼に恋愛感情はないのよ？　今も昔も。ただ、そうね。嫌ってはいない。それは私がクレーゼンに来た当初から変わらない。そして『クレーゼンのためになる事をする』という当初の目的も。だからもし殿下がその邪魔をするのなら、その時はきちんと応戦しなければなりませんね」

そもそも殿下が次期国王である以上、彼に応戦する事は、すなわち国の根幹を揺るがそうとするも同じ。クレーゼンはこの国の一部なのだから、国を揺るがせばクレーゼンにも悪影響が出る。

私としては、私怨や体裁や社交界の噂などよりも、そちらの方を気にしたい。

……と、ここまで言葉にした訳ではなかったけど、フーは優秀なメイドだ。少なからず意図は察してくれたのだろう。まだ完全に納得はしていないようだけど、「分かりました」と引き下がってくれたので、とりあえず良しとする。

「ところでダニエル、敵役の目から見て皆の護身術の習得状況はどう見える？」

「え？　うーん、そうだなぁ」

ダニエルは、少し考えるそぶりを見せた。

「皆、大分上達してきたんじゃないかと思いますよ？　相手を無力化するまでの手順にも、随分慣れてきたお陰で技を繰り出す速度も上がったし、何より自信がついてきた」

なるほど。たしかに彼の言う通り、技の熟練度もそうだけど「できる」という自信があれば自ずと思い切りもよくなる。護身術には必要な要素かもしれない。

とりあえず外から見つつ適宜指導をしてきた私としては、敵役のダニエルも似たような評価をしてくれていて安心した。

彼は護衛。つまり体を張るプロだ。プロの目から見て上々なら、上達具合も間違いないだろう。

「まぁ体を動かすのにも、センスとか才能っていうものはある。どうしても向き不向きが出るが……驚いたのは、やっぱりシーラさんですかね」

「そうですね」

実は一週間ほど前から、やっと最低限の体力づくりを終え、彼女にも護身術の指南をし始めたのだ。そして驚いた。彼女の成長は著しい。

「そういえば彼女、既に他の人たちに交ざっても遜色ないほどでしたね。元々運動神経がよかったのでしょうが」

「もしかしたら、今までは体が弱いせいで眠っていた才能が、これを機に開花したのかもしれませんね」

そう言って差し支えない程度には、おそらく彼女は体を動かす才能がある。

その才能が彼女の望むものであっても、そうでなかったとしても、自身の中にある『得意』に気がつく事は、すなわち自身の可能性を広げる事になる。知っておくだけでも損はないのだから、今回新たに見つけられたのは僥倖だった。

「彼女の才能を、彼女の旦那様——レインバードさんは、ご存じなのでしょうか」

「どうかしら。護身術を習い始めたという話くらいは、聞いて知っているかもしれないけど」

あまり自分の成果を誇示しない、大人しい性格のシーラさんの事だ。楽しい事を共有はしても、得意な事について話したりはしていないかもしれない。

となると、可能性があるとすればエレナさんが父親に、母親のすごさ・カッコよさを話している場合だけど、これに関しては必ずしも子どもの言う事を額面通りに受け取るとは限らない。

もし彼が自身の目でシーラさんがダニエルを投げ飛ばしているところを見でもすれば、話は別なのだろうけど。


そんなところを見た彼は、どんな顔で驚くだろうか……と少し考えて、自身の中に悪戯（いたずら）心にも似た好奇心がほんのりと胸の内に生まれている事に気がついた。

想像して、思わずクスリと笑ってしまう。しかしすぐに「おや？」と思いながら視線を外に続く扉の方に向けた。

外から速い足音が、音を立てて段々近付いてきている。

朝、街でお店を開ける方たちがたまに寝坊した時などには慌てた足音が通り過ぎていくのを聞くけど、今は昼食終わりの時間帯だ。誰かが走っているのが聞こえてくるのは珍しい。

何か急ぎの用事でもあるのかな。どなただろう。そんな事をのんびりと考えながら、食後の紅茶に口を付けた。

しかし荒い息遣いと共に、足音は更にドンドンと近付いてきて——。

急にバンッと扉が開いた。

「アリス！　シーラが!!」

息を切らしたリズリーさんが、顔に焦りを貼り付けて血相を変えている。助けを求めてきた彼女に、私はガタリと立ち上がった。

「案内してください！」

「こっちー！」

示し合わせるまでもなく、フーとダニエルも一緒に来てくれる。

呟くほどの大きさの、フーの「もしかしてまた殿下がクレーゼンに嫌がらせを……？」という声を近くで聞きながら、リズリーさんに案内されるままに、おそらく何かがあったのだろう現場――街の商店街に急行したのだった。

近くまで行けば、何があったのかは分からなくても、どこであったのかは一目瞭然だった。

街中に、いつもはない人だかりができている。リズリーさんの「ちょっと退いてーっ！」という声を先頭に、道を譲ってもらった先には、数人の憲兵と困り顔の女性の姿があった。

「シーラさん！」

「アリス先生……」

私を見つけたシーラさんは、見るからにホッとしたようだった。

対する私も、安堵する。

見る限り、怪我をしている様子はない。周りに王城関係者らしき姿もない。

とりあえず最悪の可能性はなさそうだ。そう判断する事ができた。

しかし、だからといって何もなかった訳ではないだろう。

彼女の困り顔を見れば、彼女が何かに巻き込まれて困っているのは明らかだ。私を呼ぶ声の弱々しさも、塾で元気なシーラさんを見ているから、すぐに「らしくないな」と思った。

「何があったのですか？」

少しでも彼女の不安を取り除けたらと思い、宥めるような笑顔で尋ねる。しかしその問いに先に答えたのは、リズリーさんだ。

「シーラがひったくりに襲われて表彰ものなのよー！」

「……え？」

何？　それはどういう事？　内心でそう呟きながら首を傾げた私に代わり、ダニエルが「ひったくりに襲われて、何で表彰？」と見事に心中を代弁してくれた。

その問いにはシーラさんが答えてくれる。

「実は今、ちょうどひったくりの犯人について、事情聴取を受けているところなんですが」

そう言いながら彼女が向けた視線の先を、私も目で追ってみる。すると少し向こうの方に、壊れた木箱をクッションにして仰向けに伸びている大男を、憲兵が二人がかりで担ぎ上げて移動させようとしているのが見えた。

「もしかして、彼が被害者ですか？」

だとしたら、ひったくりの罪だけでは済まないような気がするけど……なんて思っていると、シーラさんが困ったように笑う。

「いえそれが、彼がひったくりの犯人なんです。それで今、彼がああなった原因の説明を求められているところで……」

そこで彼女は言い淀む。

なるほど。おそらくその事情聴取が、うまくいっていないのだろう。しかし、何が問題なのか。

たとえばもし彼女が被害者だとして証言できるほどの事を覚えていなかったとしても、それで事情聴取に行き詰まる理由がよく分からない。

被害者が突然の事に驚いてその時に会った事をあまりよく覚えていない事なんて、きっとザラにあるだろう。日夜街の治安を守っている憲兵たちなら、そういう目撃者には慣れている筈だ。

その方に聞けないのなら、別の目撃者を探せばいい。幸いにもここは商店街だ。目撃者は他にもいるだろう。

そんな事が分からないような方たちではない、と思うのだけど。

「……もしかして、証言した内容を信じてもらえない、もしくは疑われている状態ですか？」

試しにそう尋ねてみると、シーラさんから首肯が返ってきた。

「私は本当の事しか言っていないんです。ただいつものようにロナさんの所に刺繍小物の納品をしに行って、その帰りにここを通りかかって。そうしたら後ろから『ドロボーじゃぁぁ！』っていう、お爺さんの叫び声が聞こえてきて。思わず振り返ったら、革の財布を持った男の人がまっすぐこっちに走ってきて、私、その、怖くて」

なるほど。どうやら彼女は被害者ではなく近くに居合わせただけの目撃者らしい。

「突然そんな状況に陥れば、誰だって怖いに決まっていますよ」

その時の事を思い出したのか、彼女が怯えた表情になったので「大丈夫ですよ」と宥める。すると少し持ち直したのか、彼女は続きを話してくれた。

「多分あの人は、私が避けると思ったんだと思います。もしくは突き飛ばして道を開けようとしたんだと。でも私、驚いた拍子に思わず体が動いてしまったんです。手がこちらに伸びてきたので、反射的に手首をこう、摑んでしまって」

彼女が軽く示した身振りで、この先の展開は予想がついた。

「投げ飛ばしてしまったのですね？」

「はい、すみません……」

肩を落として、彼女は本当に申し訳なさそうに謝ってきた。しかし何を謝る事があるのだろう。

「貴女は危機に瀕した自分を、自らの手で救ったのでしょう？　そういう時のための護身術なのですから、むしろ『使いどころがバッチリだった』と自分を褒めるべきところですよ」

もちろん彼女が危険な相手を撃退するために護身術を習い始めた訳ではない事は、私も知っている。それでも咄嗟に習った事を実践できたのは、日頃から彼女が真面目に練習し、成果が出たからに他ならない。

最初の頃の軽いラジオ体操一つ最後までできずに息切れしていた彼女を思えば、劇的な成長だと言っていいだろう。

「実践で使えるなんて、やっぱりシーラさん才能あるよ」

私に続きダニエルも、感心したように声を上げてくれる。

お陰でシーラさんも、やっと少し笑ってくれた。一応確認の意味で「怪我はないですね？」と聞き、「ない」という答えに安心する。

初めての実戦で無傷なら上出来だ。少々犯人が木箱に突っ込んで伸びてしまっていたところで、相手には自業自得もあるのだし、今回は気にするほどでもない。

とはいえ流石に先程のリズリーさんの『表彰もの』は、言いすぎだと思うけど。

「あの犯人は、最近隣街でひったくりを繰り返していた人物と人相がよく似ているんです。もし本当に彼女が撃退したのなら、表彰ものなのですが」

私たちの会話が落ち着いたのを見計らってか、憲兵が暗に「まだ話は終わっていない」という事を示してくる。

というか、『表彰もの』は事実なのか。前世で言うところの、警察が犯人逮捕に協力してくれた民間人を表彰するようなものだろうか。

「私どもが駆け付けた時には、既に現場では彼女が放心した様子で立っており、ひったくり犯があそこで気絶している状態でした。ですから彼女を重要な目撃者だと踏んで聴取したのです。しかし」

「信じられませんか？　彼女が彼を投げたのが」

「彼女のような非力な女性に、あんな大男が投げられる筈などないでしょう」

即答されてしまった。

まぁたしかに、シーラさんはたまたま護身術を習っていたから対処できたというだけで、何も知らない普通の女性が、憲兵が二人がかりで担がなければ運べないような男性を投げられるとは思えない。

特にシーラさんは、華奢(きゃしゃ)だし色白で気も強い方ではない。彼らとしても、いまいち納得し難いのだろう。

「……こちらとしても、街の治安を守る憲兵の一員として、撃退者にきちんとお礼を言い、懸賞金を受け取ってほしいだけなのです。先程からそう説明しているのですが、彼女は一向にその人の事を教えてくれず」

おそらく彼も職務上、この場の功労者である撃退者を見つける必要があるのだろう。そんな中、何故(なぜ)か目撃者は事実を言ってくれない。

知っている筈なのに何故言わないのかという気持ちと、言わせてやるという意固地さが、少々悪い方向に作用してしまっているように思える。

そんな現状を最も手っ取り早く解決するには。

「この場で再現してみせるのがいいのではないかと思うのですが、シーラさん、もう一度できそうですか？」

私の問いに、彼女は少し怯んだように見えた。

少し周囲を気にするそぶりを見せたのは、野次馬が多いせいだろうか。

メティア塾ではロナさんやリズリーさんを始めとする姦しい方たちと一緒に楽しく話しているけど、そういえば彼女が初めてロナさんに連れられて家に来た時、中々目が合わなかった。たしか人見知りだというような事も言っていたような気がする。

そんな方が、このように不特定多数がいる場所で急に「先程の再現を」と言われたら、不安になるのは仕方がない。

もし彼女が「できない」と言ったら、代わりに私がやってみようか。

私がやって見せたところで「貴女はできても彼女に同じ芸当ができるとは限らない」と言われてしまうかもしれないけど、何もしないよりはまだ理解してもらえる可能性があるだけやる意味はある。そんなふうに思ったのだけど、どうやら杞憂だったらしい。

彼女は伏せがちだった顔を、グッと上げてまっすぐ私を見た。

「私、やってみます……！」

決意の籠った彼女の瞳に、振り絞った勇気が見て取れる。

そんな彼女の頑張りに、私は微笑み激励する。

「分かりました。では頑張ってください」

「はい！」

いい返事に私も頷いてから、後ろを振り向いた。そこにいるのはフーと——ダニエルだ。

「ダニエル、いつも通り敵役をお願いしていい？」

もしかしたら本当は、シーラさんの事を信じていない憲兵の方に敵役をお願いして直接体感してもらった方がいいのかもしれない。それでもダニエルを選んだのは、彼女に少しでも『いつも通り』の状況を作ってあげるため。それが彼女の勇気に対する応援になればと思ったからだ。

ダニエルは嫌な顔一つせず、「もちろんです」と言ってくれた。

と、その時だ。人垣の中から彼女を呼ぶ声がしたのは。

「シーラ！　大丈夫か!?」

「レイン」

「同僚に『お前の嫁が事件に巻き込まれたらしいぞ』って聞いて、急いで来たんだ！」

言葉の通り、かなり急いで来たのだろう。息も整わないままましくし立てて、両手で彼女の肩を掴んだ。

「怪我は!?」

「大丈夫。してないよ」

「そ、そうかぁー……」

実際に彼女の元気そうな顔を見て安心したのだろう。深いため息と共に「もしお前に何かあったらと思ったら」という言葉を吐き出して、自分の腕の中に彼女を閉じ込める。

公衆の面前でするには、少し熱烈すぎる抱擁だ。これを恥ずかしがらずにできる辺り、相変わらず仲睦まじい。

微笑ましく思って見ていると、そんな二人をどこか揶揄うような声色でリズリーさんが茶々を入れる。

「シーラったらすごいのよー？　ひったくりの犯人を軽々投げ飛ばして、なんと退治しちゃったんだから。ひったくられた荷物も無事持ち主に返せたし、大活躍よー！」

「ひったくられたお爺ちゃんが、さっき『あのお嬢さんに感謝を伝えておいてくれ』って言ってたわよぉ」

新たに増えた声に振り返ると、ちょうどロナさんが人垣を抜けてこちらに歩いてきているところだった。

「お店はいいのですか？」

「騒ぎがあったってなったら、流石に気になっちゃうわよぉ。お店は旦那に任せてきたから大丈夫。で？　これはこれから何をするところ？」

いつもと変わらぬ口調と空をペチンと叩く仕草をしたロナさんは、野次馬根性満々だ。

一方、やっとシーラさんを腕の中から解放したレインバードさんが「えっ、シーラが被害者じゃなかったのか？」と驚いている。どうやら彼も私と同様に、伝言役の言葉足らずのせいで勘違いをしていたようである。

それなら先程の彼の慌てようにも納得だ、私が独り言ちていると、レインバードさんが「ん？」と首を傾げる。

「でもシーラ、『投げ飛ばした』って、一体何だ？」

「えぇと、それは……」

シーラさんは、おそらく私が憲兵の方に思ったのと同じように、「口で説明するより、見せた方が話が早い」と思ったのだろう。窺うようにこちらに目を向けてくる。

私が彼女に首肯すると、意思は伝わったようである。彼女は小さく頷き返してからダニエルと二言三言軽く交わし、私たちから少し離れる。

シーラさんが立っている場所から七メートルほど離れた場所に、ダニエルも移動し準備した。いまいち状況が摑めていないレインバードさんが「何をしているんだ？」と首を傾げていたので、私は「先程のひったくり犯撃退の再現です」と簡潔に伝えておく。

おそらくシーラさんが手を上げたのが、再現開始の合図だったのだろう。ダニエルが、彼女に向かってまっすぐ走り出した。

シーラさんは避けようとしない。そんな彼女にダニエルは「退け」と言わんばかりに手を伸ばし、押しのけようとして――。

瞬間、シーラさんがダニエルの手首を摑んだ。そのまま流れるように手順を踏んで、背負い投げをする。

ダニエルの足が、宙に綺麗な弧を描いた。

お手本のような投げ技だった。唯一異なっているところがあるとすれば、ダニエルが地表に体を叩きつける前に、まるですっぽ抜けでもしたかのように腕から手を放した事くらいである。

手を放されたダニエルは、運動エネルギーに素直に体ごとまっすぐ飛んでいく。その先にあったのは、ちょうど先程大男が伸びていた、あの壊れた木箱のある場所だ。

ダニエルが同じ場所で伸びなかったのは、彼の日々の鍛錬と、そうなるだろう事が事前に分かっていたからに他ならない。

まだ壊れていなかった木箱を派手に壊しながら、彼はシュタッと着地した。

「やー、予想はしてたけどやるなぁ。やっぱり才能あるよ、シーラさん」

ダニエルのそんな呑気な声が、今の珍事を前にして流石に黙った野次馬たちの沈黙の中に一声だけ響く。

周りの空気がおかしい事にダニエルが気がついたのは、それからまた一拍後だ。

驚きに目を丸くしている皆を見て「あれ？」と首を傾げた彼は、唯一この場で驚いていない塾関係者たちに「派手に吹っ飛んだわねぇ」という言葉を皮切りに労われて、すぐに調子を取り戻す。

周りの沈黙を最初に破ったのは、一体誰だったのか。どこからともなくざわめきが広がっていく。

少し聞き耳を立ててみると、ほとんどが驚きと称賛の声だ。

「おい、今の見たか」

「見た！　あんな華奢な子が」

波紋のように広がっていく興奮が歓声に変わるまでに、そう時間はかからなかった。

盛り上がった街の方たちの中心で、シーラさんの証言を疑っていたあの憲兵が、少し間の抜けた顔になっている。

流石に目の前で実践したのだ。これで疑念も晴れただろう……なんて思っていると、目の端に無言のまま足早にシーラさんのもとに歩いていく、レインバードさんの姿が映った。

彼はシーラさんの目の前までやってくると、おもむろに彼女の腰に両手をやって——。

「すごいじゃないか！　いつの間にそんな事ができるように!?」

誰よりも興奮した声を上げながら、彼女を軽々と持ち上げた。

少年のように目を輝かせた彼に突然抱き上げられ、シーラさんが驚かない筈がない。それでも相手は旦那様。目を丸くさせていたのも数秒だ。

仕方がない人ね、と言わんばかりに彼女の目元がすぐに緩んだ。

はしゃいで今にも自分ごとクルクルと回り出しそうな彼に、宥めるような声色で応じる。

「最近アリス先生の塾で、自らの身を守る術（すべ）を教えていただいたんです。元々は、体力づくりの一環だったのですが」

「アリス先生が!?」

彼の顔がグリンとこちらを向いた。私が「素人技術ではありますが」と言うと、何故か後ろでロナさんが「ふふん」と鼻を鳴らして胸を張った気配がする。

「アリスが教える護身術は、何を隠そうあの『殿下を投げ飛ばした護身術』なのよぉ！」

「私たちみたいな女でも、コツさえ摑めば簡単に大の男を投げ飛ばせる。私たち他の塾生も、同じ事ができるんだからー」

「み、皆!?」

憲兵の一人が「流石に誇張だよな？」と言いたげな顔を向けてきた。私は苦笑するしかない。驚かせてしまって申し訳ないけど、できるのだから仕方がない。

案の定、憲兵はあっけに取られてしまった。それを見たリズリーが楽しげに笑い、話が聞こえていた野次馬の一部から「そりゃあすげぇなあ！」という感心の声が上がる。

レインバードさんだけが相変わらずの平常運転だ。

「シーラ……少し前までは寝込む事だって多かったのに、それが今やこんなにも逞しく！」

嬉しそうに褒めるものだから、シーラさんは照れくさそうにしながらも悪い気はしていないらしい。

しかしそれは、何も日頃の鍛錬の成果を褒められたからというのだけが、理由ではないだろう。

「あの、レイン。私、前からずっと私の体力に気兼ねなく、家族で休日に外で一日中過ごしたくて。そのために少しずつ、体力づくりを頑張っていたの。前に比べれば、随分と体力もついたと思うから……」

レインバードさんから下ろしてもらったシーラさんは、夢の成就を目指して控えめにそうお願いする。

その真意を彼も正しく察したのだろう。頬(ほお)を綻ばせて言った。

「そうか。頑張ってくれてありがとう。じゃあ早速次の休みにでも、エレナと三人で外で過ごそう！」

「はい！」

声を弾ませたレインバードさんの隣で、シーラさんも嬉しそうに笑う。

幸せそうな二人の姿に、私も心が温かくなった。

余談だが、この日のシーラさんの見事な投げ技を見た一部の街の方たちが、「メティア塾では王太子を投げ飛ばした護身術の使い手を量産している」という話を他の方にしたらしい。

噂はすぐに街中を駆け巡り、触れ込みのインパクトが強かったお陰もあってか、生徒の数がまた増えた。

一方、シーラさんに投げられてもまったくダメージを負わなかったダニエルは、あの日の身のこなしをキッカケに憲兵たちから声をかけられたらしい。

それ以降、暇な時間に憲兵の訓練場に行って、共に鍛錬するようになった。特にレインバードさんとは、手合わせをする仲になったようだ。

更にはレインバードさんの上官に目を付けられて、一部訓練の指導役をお願いされた。

ダニエルからも「やりたい気持ちはある」という相談を受けたので、『メティア塾出張版業務』として、ダニエルを講師に据える形で彼らに体術や剣術、騎馬術などを教える事を許可したのだった。

転生令嬢アリステリアは
今度こそ自立して楽しく生きる
~街に出てこっそり知識供与を始めました~

第四章　リズリーと人魚・リーレンの食卓計画

メティア塾の休塾日。私はフーとダニエルと一緒に、三人で街に買い物に出かけていた。

ダニエルが荷物を持ってくれ、私とフーとで「あれがいい」「これがいい」と相談して回る。大抵月に一度のそんな日の帰りに、私たちは寄り道をする事にした。

目的地の扉をゆっくりと押し開くと、頭の上の方でカランカランという軽快な音が鳴る。

「いらっしゃいませぇ。あ、アリス！　フーにダニエルもぉ!!」

ちょうど品物の補充をしていたのだろう。商品が入った籠を持っていたロナさんが、こちらに気がついて潑溂（はつらつ）とした声を返した。

彼女に挨拶を返しながら、私たちは店の中に入る。

辺りをザッと見回せば、布モノや木工、金属製品など、色々な種類や見た目の商品たちがロナさんと一緒に出迎えてくれていた。

以前に比べてずっと商品が見やすいように思うのは、おそらく彼女が店内ディスプレイに関して、試行錯誤を繰り返しているからだろう。一度私に相談して以降も、改善を考え続けている。持ち前の彼女の行動力が、きちんと結果に表れている。

「ロナさん、お店でも頑張っているようですね」

彼女の勤勉さを労（ねぎら）うと、彼女は「あ、分かってくれるぅ？」と、嬉（うれ）しそうだ。

「ちょうど昨日その辺の棚、綺麗（きれい）に拭き掃除済ませてねぇ！」

本当は、褒めたのはそこではなかったのだけど、きっとこの店内に好印象を抱ける理由の一つには、店内の清潔さもあると思う。

「綺麗に窓を拭いているお陰で、お店の奥までしっかりと日の光が届き、店内も明るく見えますし、商品もよく見えて好印象。店内にも埃（ほこり）一つ見られません。これならお客さんも、気持ちよく買い物ができますね」

商店だって、客商売だ。お店の印象をよくする事は、直接的な売上にはならずとも、間接的に売上に繋（つな）がる。

物事の良し悪（あ）しを、短期的な結果だけで見てはならない。我慢強く、時には気長に、行動が結果に繋がるのを待つ事こそが、成功の秘訣（ひけつ）である事も多い。

彼女は、もしかしたら無自覚なのかもしれないけど、それができている。彼女は商売について、いつも『店主のグラッツさんの事や、お店に並ぶ商品の事。商品の作り手、買い手に喜んでもらいたい』というところを、考えの根底に置いている。

もちろんお店の売上を増やす事を考えてはいるものの、金銭的な利益よりもお店に関わる方の幸せや生活が回っていく事を中心に据えているような印象を受ける。

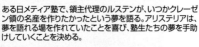

株式会社KADOKAWA 編集:MFブックス編集部 MFブックス情報
No.133 2024年7月31日発行 〒102-8177 東京都千代田区富士見2-13-3
TEL.0570-002-301(ナビダイヤル)

発行:株式会社KADOKAWA
KADOKAWA

やり手の商人の才能こそ、もしかしたらないのかもしれないけど、そういう考え方は、客商売の才能には十分になり得る。

「それで今日は何か買いに来たのぉ？」

棚への商品の補充を終えたロナさんがこちらにやってきたので、私は「買い物ではないのですが」と前置きし告げた。

「外出ついでに、少しロナさんのお店の様子が見たくて来ました。先日の『物語』の件、お店に反映したと聞いたので」

「あぁ、そうなのよぉ！　いい感じになったと思うんだけど、ちょっと見て感想が欲しいわぁ！」

納得顔になった彼女は、いつものように空をペチンと叩（たた）いて、棚の一角に目を向ける。

釣られるようにそちらを見ると、あった。まだ一部だけど、他とは少し様子が異なる棚を見つける。

他の棚よりも余白を増やしたディスプレイは、商品をただ機能的に陳列するのではなく、飾ると表現した方が正しい陳列になっている。

木製のジュエリースタンドに飾られているのは、透き通るような青い石を使ったネックレス。同じ石を使った指輪も、すぐ近くに置かれている。

そして何より、それらのディスプレイのまん中には、見慣れない木の板が立て看板のようにして置かれていた。

――『リーレンの涙』シリーズ。

そう書かれた手のひら大の板書きには、文字だけではなく海の岩肌に上がり遠くを見ている人魚の絵も描かれている。

「あまり見ない飾り方だな」

「でもものすごく綺麗……」

ダニエルとフーが口々にそう評価したのは、おそらくジュエリースタンドの方だろう。

少なくとも今世では、商品は棚に平置きするのが一般的だ。宝飾品の類でも、それは大して変わらない。このために作ろうとしなければ、少なくともジュエリースタンドはここになかっただろう。

「職人に頼んで作っていただいたのですか？」

「うん。ネックレスとかを作ってる職人のところに『物語』の話をしに行ったら、『そんな壮大な売り文句を付けるなら、ちゃんとそう見えるように飾らないと』っていう事になってねぇ」

どうやらそれで、飾り方について色々と意見を出し合ったらしい。

たしかに立体的に飾った方が、平置きしているよりもずっと、光を反射して石がとても綺麗に見える。

「この台を作るのにお金が要ったけど、まぁ『長く使えるものだから』っていう事でねぇ」

「先行投資という訳ですね。こちらの小さな板書きも、今回の用途に合わせて作ったのでは？」

そう言いながら「『リーレンの涙』シリーズ」と書かれた板を指し示すと、ロナさんが嬉しそう

に「流石(さすが)はアリス！」と声を上げた。

板の方は、木紙のような薄いものではなく、ふくらはぎほどの太さの木を、それなりの厚さで輪切りにし、やすり掛けまでされているものだ。

ただ切っただけではなく明らかに人の手が加えられているから、もし誰かが触ってもささくれ立った木の切断面が棘(とげ)になって指に刺さるような事はないし、きちんと見映えだってする。

「こっちはねぇ、元々木の鍋敷きを作ってるところがあって、それを見てピンと来たのよぉ。『もしかしてこれ、もうちょっと小さくしたら看板みたいに使えるかも!?』ってねぇ。で、お願いしてみたんだけど」

おそらく彼女も、想定していた以上の出来だったのだろう。鼻高々、といった感じで胸を張る。

「可愛(かわい)いでしょぉ？」

「ええ。ほぼ木で統一されたこのお店にピッタリの、ぬくもりを感じる見た目ですね」

店内で最も目立たせたいのは、あくまでも商品だ。だから「空間の中で変に浮かない」「悪目立ちしない」というのは、実は大切な事だったりする。

「絵が書いてあるお陰で、字が読めない方にも分かりやすいですしね」

「そうなのよぉ。前にアリスがリズリーに教えてた、人気料理の貼り紙のやつがあったじゃない？あれをちょっと真似(まね)してみたのよぉ」

「とてもいいと思います。絵はロナさんが？」

「ううん、塾の生徒の中に絵が上手な子をたまたま見つけてねぇ」

そういえば、先日彼女が他の方と、何やら相談事をしていた。

たしか彼女とは塾で初めて知り合ったと前に聞いたけど、流石はロナさん。積極的に新たに広げた交友関係から、商機を摑んでいるようだ。

「もしその方と相談できるのなら、一つ『こんな板書きを作るのはどうか』という案を今思いついたのですが」

「えっ、どんなの？」

「板書きの絵と商品のディスプレイを組み合わせる、というものです」

「組み合わせる？」

興味深げな表情でオウム返しに聞いてきた彼女は、「あ、ちょっと待って」と言い、ポケットを探り筆記用具を取り出した。

おそらくメモを取ろうと思っているのだろう。とても勉強熱心だ。

「たとえばですが、この『リーレンの涙』シリーズは、人魚リーレンの涙が結晶化したもの……という物語ですよね。なので、板書きにリーレンの顔を書いて、その目から流れているように見える位置に、ネックレスの石の部分を配置する事ができれば……」

「口で説明しなくても、板書きの見た目だけで物語が分かりやすく主張できる！」

ハッとした彼女とまっすぐ目が合った。

私が頷くと、彼女はすぐに「すごい！　いいわぁ!!」と言って、サラサラとそのアイデアをメモし始める。

「今ある板書きも、とても素晴らしい出来ですので、今のものに追加する形で置けば、一層よくなるのではないでしょうか」

「たしかにそうねぇ！　石の大きさに合わせて絵を描くと、どうしてもリーレンの顔だけを描く事になりそうだし」

板自体をもう少し大きくすればその辺の心配も必要ないのだけど、お店には他の商品も置いてある。少なくとも現状では他の商品の陳列の邪魔になってしまいそうなので、あまり大きいと邪魔になるだろう。

もっと棚数を増やすか、品数を減らすか。比較的簡単にできるだろう二択でさえ、すぐにどうにかできるものではない。

ポスターとしてお店の外に貼るのも一案ではあるけど、現物の商品を使う以上、盗難などの被害に遭う可能性は大いにある。やはり難しい面が強い。

「ちょっとまた相談してみるわぁ」

ロナさんは嬉しそうにそう言って、ポケットに筆記用具を戻した。「『物語』の第一弾は、これだけですか？」と尋ねると、彼女は「こっちも」と教えてくれる。

――淑女・ヴァンフォート公爵令嬢お墨付き、『一番弟子の刺繍』シリーズ。

そう書かれた板書きの側には、よく見知ったシーラさんの手作り刺繍小物が置かれていた。

「こうして改めて見ると、シーラさんが作れるようになった刺繍も増えましたね」

刺繍の図案だけでも、花が二種と、鳥と馬。それらが、小さな袋やワッペン、鍋摑みに刺繍されている。他にも今、新しい刺繍を習っているところだし、彼女も意欲満載だ。これからまだまだうまくなるだろう。

「エレナの合格が出るのは、いつ頃になりそう？」

ロナさんにそう聞かれ、私は少し考える。

「そうですね、一つ目の刺繍は、そろそろでしょうか」

「二人のを揃って並べられるの、私、楽しみにしてるのよねぇ。エレナは刺繍入り髪飾り作ってるでしょ？　作る商品が違うっていうのも、できた物を並べる側からすると見映えがするものが増えて純粋に嬉しいしぃ」

別に私の合格がない商品を並べたからといって私が何か言う事はない……というのはロナさんにも伝えてあるのだけど、どうやらロナさんは私の合格が出るというのを、商品を並べる一つの線引きにしているようである。

彼女がそうと決めている事をこちらから何度も指摘する事もないと思うから、私もそれ以上何も言っていない。今回もそういう類の指摘はしない代わりに、「お店に並ぶのが楽しみですね」という素直な気持ちを伝えておく。

「実はもう少しで『物語』第二弾も披露できそうなんだけど、それはまた見た時のお楽しみっていう事で！」

「私がクレーゼンでの街暮らしにまったく飽きないのは、ロナさんのお陰でもありますね」

「アリスの最初の生徒の名は、伊達じゃないのよぉ？」

自信ありげなロナさんの言葉に、「さぞかしいい物ができつつあるのだろう」と私の期待は膨らむ一方だ。

「見せていただき、ありがとうございました。それでは私たちはこれで」

「あ、うん。また後でねぇ」

ロナさんに別れを告げ、お店から出ようとしたのだけど、そこで気がつく。

ダニエルはついてきているけど、フーは何やら、その場に立ち止まりボーッとしている。

どうしたのだろうか、珍しい。そう思い、彼女の視線の先を目で追うと、そこにはリーレンの涙が飾られているけど……。

「フー？」

呼びかけに、彼女がハッと我に返った。小走りでこちらにやってきて、「失礼しました」と言われる。

別にそんな、謝るような事でもない。そう思ったから特に言及せず、彼女を笑顔で迎え入れて今度こそその場を後にしたのだった。

窓の外に覗(のぞ)く空に茜色(あかねいろ)が侵食し始めた頃、皆がそれぞれ帰宅のために、所定の棚に勉強道具を片付け帰宅の準備を始めた。

昼過ぎから始まるメティア塾は、生徒の家庭事情にもよるけど、遅くても五時頃には解散になる。今日もその例に漏れず、これから家に帰る方たちは、帰るとすぐに夕食を作り家事をしながら旦那さんの帰宅を待つのが通例らしい。

しかし中には例外もいる。

週に三度塾に来ているリズリーさんは、その内の二度は昼過ぎから夕方までの食堂のお客さんが比較的少ない時間帯に来ているけど、残りの一日は定休日と被(かぶ)っているらしい。

今日はちょうどその日で、「そういう日は旦那さんが晩御飯を作ってくれるから」と、彼女だけ少し我が家でゆっくりしてから帰宅する。

それは最早(もはや)いつもの事で、フーもしっかりと心得ている。だから皆が帰って家の中が落ち着いた後、ダニエルも含めた私たち四人でテーブルについて寛(くつろ)ぐのは習慣になっていた。

「今日も一日、終わったなぁ」

四人揃ってテーブルを囲み、フーの淹(い)れた紅茶に口を付けていると、ダニエルがホッと息を吐きながらそんな言葉を呟いた。

「今日も生徒たちの護身術の指導、お疲れ様」

「いえいえ、塾のある日は護身術、休みの日には憲兵に指導。最近は体を動かせる場所も増えて、鈍りの抑止にはなっていますよ」

私の労いに朗らかに笑った彼のこの言葉に、おそらく嘘はないだろう。

今までは今までなりに楽しみを見つけて生活をしているように見えていたけど、最近の彼を見ていると、特に楽しそうにしている。

元々体を動かす事が好きで騎士になった類の方にとって、私のたった一人の護衛としてクレーゼンに来た結果、一人で黙々と体を鍛え続ける事しかできなかった状況には、やはり少し退屈さを感じていたのかもしれない。

元々彼は、私の身の回りのアレコレをやりたくてついてきてくれたフーとは違い、フーが行くからついてきた形だ。それ故に、実は以前から「彼のやりたい事も、できるような環境を作ってあげられればいいのだけど」と思っていた。

この口ぶりを聞くに、流石にそれだけでは鍛錬し足りないようではあるようだけど、少しは彼のやりたい事ができる環境を作ってあげられたようである。

彼の言動を見聞きしている限りでは、どうやら誰かに指導する事は嫌いではないようだし、特に憲兵などは、鍛えれば鍛えるだけ成長できる才能を持っている方も多いだろう。

ダニエルは、今も毎日暇を見つけては剣の素振りをし、鍛錬を積んでいる。

以前「素振りばかりで退屈ではないのか」と聞いてみた時には「そんな事ないですよ」と言って笑っていた。その時は私も納得していたのだけど、実際に彼が憲兵たちに指導しているところを見ていると、やはり誰かと剣を打ち合っている方が楽しそうだ。

本格的に彼を憲兵の講師として派遣すれば、やがてダニエルに対抗できる人材も育つかもしれない。その方と打ち合えば、ダニエルもきっと今より楽しく鍛錬に励めるだろう。

とはいえ、ダニエルは私の護衛だ。側を離れる事はできない。

……もっと庭の広い家に引っ越す事を、検討してもいいかもしれない。生徒も増えてきて家も手狭になっているし、今がちょうどいい時期なのかも。

「ねぇアリスー」

思考の海からフッと意識を浮上させる。

声のした方を見れば、何だか少し不服そうなリズリーさんの姿があった。

「最近ロナもシーラも他の皆も、色んな事やり始めてるじゃない？　ちょっと羨ましい……」

「リズリーさんだって、ポスターを作って貼ったり、食堂のメニューを絵で作ったりしているではないですか」

その成果も実際に出ている筈だ。最近はメニューを見て料理を頼む方も増えてきたし、何ならリズリーさんをお手本にして、同じようなメニュー表を作る飲食店が増えた。

最初はメニューの絵のところに「甘い」「辛い」「苦い」「酸っぱい」「シュワシュワ」「もちもち」などの簡単な単語を文字で添えていただけだったけど、最近はより分かりやすいように、それぞれに絵のマークを作って、文字が全く読めない方にも分かりやすく伝える工夫を自発的にしていたりもする。

決して何もしていない訳ではない。十分結果を出していると思うのだけど、彼女はあまり納得していないらしい。

「まぁたしかにロナさんは『商品への物語付け』という新たな試みをしていますし、シーラさんも作れるもののレパートリーがドンドン増えていますからね」

隣で納得しているフーを見る限り、おそらく二人とリズリーさんの成果の間には、ある種の格差があるように見えているのだろう。

正直な話、出した結果に対して他の誰がどう思っているかは、関係ないと私は思っている。

要は本人が納得していて充実していればいいのだ。そういう意味では、今の彼女はどちらも満たせていないのだろう。

「以前、皆さん『夢』のお話をした事を覚えていますか？」

「アリスが皆の夢を叶(かな)える手助けをしたいっていう話ー？」

「はい。私は、リズリーさんがやりたい事を叶えたいと思っているのです。逆に、私から貴女(あなた)に何の脈絡もなく『何かをやるといいよ』と言う事はありません。それは、誰かに言われてやるという事に、義務感を抱いてほしくないからです」

何事にも言える事だけど、自分からやりたいと思ってやるのと、人に言われてやるのとでは、同じ事をするとしても向ける熱量が段違いだ。

自分がやりたい事ならば、少し大変で難しくても目標のために頑張れるけど、少しでも「誰かがやれと言ったから」という要素が含まれていると、努力が作業になってしまう部分がある。

それは誰でもない、前世の私自身がそうだったから、よく分かる。

あの時は、母親から言われた事をこなせばいいと思っていた。その結果があの苦い最期だった。

あの時私は、ただ純粋に後悔した。だから今度は後悔しない生き方がしたい。その思いが、今世の私の生き方・考え方の原点になっている。

できれば皆にも、自分で自分のやりたい事を見つけてほしい。

短い言葉の中に込めた想いを、どうやら彼女は察してくれたらしい。

「私が今、やりたい事……」

顎に手をそえ、うーんと少し考える。

「因(ちな)みに、フーとダニエルは、今何がやりたいのー？」

参考にしようと思ったのだろう。彼女は二人に目を向けた。

先に答えたのは、フーである。

「私はお嬢様のやりたい事の、広義の補助がしたいと思っています。それが、王都にいる時はお嬢様の身の回りの世話であり、クレーゼンに来てからは平民としての常識を教えたり、塾で使う教材類の準備をしたりする事です」

その他にも、一緒に買い物に行って平民服や食料などを選んでくれたり、いつも値段の安い茶葉で美味しい紅茶を淹れてくれる事も、私にとっては日々の彩りだ。彼女には、本当にお世話になりっぱなしである。

「いつもありがとう、とても助かっているわ、フー」

「お嬢様がただ生きてくださっているだけで、私の夢は永遠に叶い続けています。これ以上の幸せはありません」

「フーは、ちょっとアリス過激派なのねー。見方が変わったわー」

真顔で言い切ったフーに、一瞬キョトンとしたリズリーは、すぐにケタケタと笑い出した。

私も「フーは少し過保護よね」と笑い、ダニエルも「アリステリア様の事、大好きだからなぁ。フーは」と、呆れ交じりに苦笑する。

「で、ダニエルは？」

「フーがアリステリア様を動機にするなら、俺はフーを――」

ギロリと、フーが彼を睨みつけた。観念したかのように両手を上げて「スミマセン」と片言になるダニエルを見れば、二人の関係性がよく分かる。

二人の様子を見て思わず笑ってしまっていると、気を取り直すための咳払いが彼の方からコホンと聞こえた。

「元々体を動かすのが好きで、給料を貰ってそれができる、しかも何かカッコいい職業があったから騎士になった……っていうのが最初の動機だけど、それを続けている理由は今では幾つもある。仕えたいと思える相手を見つけたとか、誰かを護れる力を手に入れたいとか。今ではヴァンフォート公爵家に仕える他の騎士たちとの、仲間意識っていうのもある」

芯の通った理由が一つあるフーに対し、彼は幾つもの理由が満たせる場所が騎士職だったという事なのだと思う。

これに関しては、どちらがいいとか、悪いとかはない。それぞれの形があっていい。

二人とも、自分がなりたい自分であり続けるために、変わる環境や情勢に自らを適応させてきた。

昔お祖父様が『現状維持はゆるやかな衰退を招く』という話を私にしてくれたけど、彼女たちは、適応という名の進化を遂げる事ができたのだ。でなければ、クレーゼンに来て以降も自らの夢を叶え続けていられはしない。

結局のところ、どんな夢を抱くのか。それによって、努力や工夫の方向性も変わってくる。

リズリーさんは「二人とも、ちゃんと夢があるのねー」と呟きながら、顎に手をあて、再び考え始めた。

別に彼女の答えを急かす必要はない。それこそ今日、今すぐに答えが出なければいけないような話ではない。

夢を見つけるのに時間がかかるのなんて、そもそも普通の事なのだし。そんな心持ちで、フーが淹れてくれた紅茶を楽しみ、些かの沈黙に身を任せる。

「……こんな事を言うのは、ちょっと子どもっぽいかもしれないけど」

「構いませんよ」

「シーラって、ロナのお店に商品を卸してるじゃない？　一緒に何かやってる感があって、ちょっと羨ましいなーとは思う」

彼女の言葉を聞いて、私は思わず納得した。つまり彼女も、二人と協力して何かができれば楽しそうだと思っているのだろう。

二人と協力……コラボみたいな？　前世の言葉を用いながら少し考えてみる。

コラボと言われてまずピンと来たのは、『別々の物や別々の企業が手を組んで、何かを共同制作する』という状況だ。

誰でも知っているだろうところで言えば、有名なキャラクターにご当地の名産品を持たせたり、衣装を着させてみたりして売り出す。それから、キャラクターをイメージした飲食物を販売して——。

「リズリーさん、ロナさんのところで今売られている『リーレンの涙』シリーズをご存じですか？」

「この間塾でしてた『物語』の話のやつでしょー？」

「それです。たとえばなのですが、『リーレンの涙』の物語をお借りして、その物語を連想させる料理を作って提供するなど、いかがでしょう？」

「料理で物語を？」

あまりピンと来ていないのだろう、リズリーさんが首を傾げる。

「リーレンが待っている海を模したシチューライスや、商品の石と同じ色のゼリーなど。他にも海を模した何かに飾り切りをした具材で盛り付けてもいいと思います」

「なるほどー！」

「それ以外にも、一部専用席を作って、そのテーブルだけ飾り付けを変えるとか」

「それ、すっごくいいかもー!!」

「それは私も、少し気になるかもしれません」

とても嬉しそうに目を輝かせたリズリーさんは、ポソリと呟かれたフーの感想に「フーも興味を持ってくれるんなら、かなりいい線行ってるんじゃないー？」と大喜びだ。

「もちろんそれを行うためには、ロナさんに『物語』を使わせてもらっていいか、確認する必要はありますが」

「そんなの幾らでもやるやるー！　っていうか、飾り付け用のもの、シーラに何かお願いするのもいいかもだしー!!」

どうやらこの案は彼女の琴線に触れたらしい。

「そうと決まったら、色々根回ししないとねー！　忙しくなってきたー!!」

そう言うと、彼女はガタリと席を立ち、フーに「今日も美味しかったー。ありがとう！」と言うと、意気揚々と家を出ていく。

リズリーさんは、元々楽しそうと思った事には躊躇なく足を踏み出す勇気を持つ方だ。きっとすぐに動くだろう。

最後の来客を見送って、フーも席から立ち上がった。

今日の晩御飯当番は、フーだ。先にキッチンに足を向けた彼女から少し遅れて、私もティーカップを片付けようとする。

しかしちょうど立ち上がったところで、ダニエルからコッソリと耳打ちされた。

「アリステリア様、後で相談があるんですが……」

しかも声を潜めている辺り、おそらくフーには秘密の相談なのだろう。

彼が私に、しかもフーに内緒での相談だなんて、珍しい。そう思いながら、私は快く頷いた。

雇用主としても、友人としても、彼からの相談を断る理由はないし、一体どんな相談なのかも興味がある。

私の了承に、彼は「じゃあ食後に」と言った。寝る前に一つ、楽しみができた。


「それで、どのようなご相談ですか？」

食後、私の私室を彼が訪れた。

フーは、まだキッチンでお皿を洗っている。当分ここには来ないだろう。

おそらくそれを、彼も分かっているのだろう。特に周り――フーの盗み聞きを警戒している様子はない。

彼は、どこか話を切り出しにくそうにしていた。

これも珍しい光景だ。彼はいつだってまっすぐで、言い淀(よど)むような事は少ない。あまり隠し事が得意な方ではないし、そもそも隠し事などない。そういう方だから。

そんな彼の相談事……この様子からすると、もしかしたら悩み事か願い事の類だろうか。となれば、なんとなくどんな内容なのかは想像がついた。

「もしかして、フーに関する事ですか？」

彼の肩がギクリと揺れる。

「加えてそれは、自らの職務と相談する必要のある事ですか？」

彼の顔がこちらを向いた。

「……アリステリア様、どうして貴女はそういつも、何でもお見通しなんですか」

「簡単な選択問題でしたよ」

そもそもフーに関連する事でなければ、こうしてフーから隠れるように彼が立ち回る必要はない。

フーに関する事だとして、二人だけの中で完結する出来事なのであれば、私に相談をする必要もない。

今までだって、特に私に相談なく二人で出かけたりしていたのだ。事前報告なんて今更である。彼が私に相談する必要があると思ったとすれば、それは自ずと、自らの職務——私の護衛業務に影響の出る事なのではないだろうか。それが、私の立てた予想だった。

彼は観念したかのように、眉尻を下げ、苦笑する。

「実は先日、『最近頑張っているから』と、フーから贈り物をされたんですが」

「それはよかったではないですか！」

ダニエルがフーに思いを寄せている事は私も知っている。そして、私の記憶が確かなら、ダニエルがフーから贈り物を貰ったのは今回が初めてだ。

私の記憶は正しかったのだろう。彼からとても嬉しそうな「はい」という返事が返ってくる。

「それで、俺も何かお返しをしたいなと思い、最近ずっと何がいいか考えていたんですが」

なるほど。それはとてもいい案だと思う。何かを貰って嬉しくない方も少ないだろうし、私の目から見れば、フーもまたダニエルを少なからず想っている。

想い人からの贈り物となれば、大抵は嬉しいだろう。贈り物を渡す時、喜んでくれるだろうか、身に着けてくれるだろうかというのが一番ありがちな不安だけど、その点の心配は今回はあまり必要ない事のように思える。

「中々見つかりませんか？」

「そうですね、今日までは何がいいのか悩んでいました」

「今日までは？　という事は見つかったのですね？」

「はい」

それはよかった。そう思っていると、ダニエルがポケットから何かを出した。

それは、見覚えのある小さな紙袋。

「ロナさんのお店の袋、ですね」

「中は『リーレンの涙』シリーズのネックレスです。指輪は多分、嫌がるだろうから」

たしかに彼女は基本的に、仕事の邪魔になるものを身に着ける事は嫌っている。

指輪では、炊事や洗濯をする時はもちろんの事、紅茶を淹れる際にもティーポットに指輪が触れて音を立てるかもしれない。

メイドの作法には基本になるものが幾つか存在するけど、そのうちの一つが『音を立てずに行動する』だ。

足音を立てない、食器類の音を立てない。それらが一番最初に学ぶ、メイドのたしなみである。

「ロナさんの店でかなり気に入ってたみたいだから、これなら喜ぶかなと思って……あと似合いそうだし」

彼の言う通り、あのネックレスはたしかにフーに似合うだろう。

綺麗な石こそ使っているものの、市井の方の手の届く範囲の金額で売るのに相応しく、それほど凝ったデザインではない、シンプルな作りの代物だ。

しかしそのシンプルさが、節制を重んじるクールな印象のフーにはとても似合っている。実際にフーに好まれているのも、その点を評価しての事だろうと思えば、ダニエルが選びプレゼントするものとしてはおそらく最適に近い。

「最初はこれを渡すだけで済ませようと思っていたんですが――今日、話していた事が気になって」

「今日……というと、もしかしてリズリーさんの『物語を連想させる料理を作って提供する』という話の事ですか？」

私の問いに、彼は「それです」と答えた。

たしかにあれもリーレンの涙に関連したものだ。そういえばその話をしていた時、フーがポソリと興味があるような言葉を漏らしてもいたような気もする。

「最近の労いとしてフーは俺に贈り物をくれたけど、フーだって毎日頑張ってる。だから俺も、贈り物のお礼の意味もあるけど、フーがしてくれたのと同じように、フーを労いたい気持ちもあって。あの話を今日聞いた時、たまには外食を贈るっていうのもありなんじゃないかと思ったんです」

つまり、フーとダニエル、二人でそのメニューを食べに行けないかという事なのだろう。

二人で外食に行けば私はそれなりの時間、一人で留守番をする事になる。

少しの間買い物に出る程度では済まない。だからこそ、側を離れる許可が欲しくて、今回の相談に至ったのだろう。

彼の計画は、とてもいいと思う。むしろ二人を労うのは、いつもお世話になっている私の役割だ。

日頃のお礼に、二人に少し特別なディナーを贈るのも吝かではない。

「リズリーさんにはその旨をコッソリお話してみますが、今日一案を話した段階なので、やる事になったとしても、そんなすぐには実現できないかもしれませんよ？」

「構いません。贈り物をするという話もフーにはしていませんし、何かの記念日に合わせて贈り物をしたいという訳でもないですから」

どうやら本当に急いでいる訳ではないらしい。ただ純粋にいい贈り物をしたいという気持ちから来ている言葉だと分かったので、私もにこやかに頷いた。

「分かりました。それではその日に二人揃って家を空ける事と、コッソリとディナーの予約の打診をする事。承りました」

「ありがとうございます！」

ダニエルがホッとした顔で部屋を出ていき、少ししてから。扉がコンコンコンッとノックされた。

「どうぞ」

「お嬢様」

扉が開く。

彼女の手には、明日私が着る服の用意が。たしかに生粋の貴族令嬢なら服を自分で用意する習慣もないのだろうけど、私には前世の記憶がある。少なくとも前世では小学校高学年の頃から着る服は自分で選んで着ていたし、何なら社会人生活だって送っていたのだから、別に必要のない仕事だ。彼女にも、最初の頃は毎回苦笑気味に「自分で出すからいい」と言っていたのだけど、何度言ってもシレッとした顔で「お嬢様のお洋服を用意するのは私の仕事です」と言い、ついには「お嬢様は、私から仕事を取り上げるおつもりですか」と軽く怒られてしまったので、今はもう甘んじて受ける事にしている。

いつもの場所に服を置いた彼女は、私の背後に回り、慣れた手つきで髪を櫛で梳かし始めた。服の用意と同じくこちらも十分自分でできるのだけど、ポーカーフェイスに若干の喜色を浮かべる彼女の時間を奪うのは憚られる。毎日の着替えは自分でさせてもらえているので、互いの譲歩のラインとして、ここまではやってもらっている。

「ねぇ、フー？」

「何でしょうか」

こうして二人で過ごすのはいつもの事。だから何も特別な事はない。それでも今日、いつもと違う事を聞いたのは、間違いなくダニエルからあの贈り物の話を聞いたからだ。

「ダニエルとは仲良くやっている？」

「仕事に支障はありません」

彼女がダニエルに関する事にこうして素っ気ない返事をしてくるのは、相変わらず。その理由も、一応分かっているつもりだ。

——仕事場に恋愛を持ち込みたくない。

それが彼女の気持ちである。

実際に私たちが王都にいた時から、彼女はダニエルが寄せてくる好意をそんな言葉で拒絶していた。

それが彼女のメイドとしての矜持でもある事は、私も彼も分かっていた。だから誰もその拒絶に口を挟む事はしなかったし、ダニエルも、彼女の気持ちを慮って、彼女との距離を無理やり詰めないよう気を付けていたように、私には見える。

休日に二人で出かける事もなかった。たとえ労いだとはいえ、贈り物をするなんて尚の事。

それが、いつから変わったのだろう。

少なくとも王都にいた時にはまったくなかった。クレーゼンに来てからか、二人の距離が近付いたのは。

「……何でしょうか？」

ジッと彼女の顔を見ていると、少し表情が曇った。しかしこれが照れを孕んだ表情だという事を、少なくとも私は知っている。

「変化は誰にでも訪れるものなのね」

クレーゼンに住まう方々が変わり始めている実感は、肌で感じていた。しかしここにも、変化はあったらしい。

その変化が、彼女にとって歓迎すべきものになるのかは分からない。もしかしたら仕事にだけ邁進していた時の方が、悩みも少なく楽だったと思う日が来るかもしれない。

しかし、私はフーにもダニエルにも、ちゃんと幸せになってほしい。

ダニエルの事をよく知る私は、彼がフーを大切にしない筈がないと確信している。器用に仕事をこなすフーが、実は結構不器用な事も知っているから。

休塾日の午後、ロナさんからの招待に応じて彼女のお店に行ってみると、出迎えてくれたのは夫のグラッツさんだった。

今日は、私一人での来店だ。それを珍しく思ったのか、彼が「あの二人は？」と尋ねてくる。

「二人とも別の用事があって」

「仮にも領主でお貴族様だろ？　誰も側に付けていなくていいのか？」

買い物帰りなので、荷物も持っている。それを見て彼が怪訝そうな表情になるが、そんな心配はまったくの不要だ。

「今日買ったものはどれも軽いですし、一人でも十分持てますよ。護衛については、シーラさんの街での一件をご存じありませんか？」

「あぁそういえば、あの投げ技を教えたのはアリス先生だっていう話だったな」

シーラさんの一件があって以降、生徒が増えたから、きっと街でもそれなりに噂にはなっているのだろうとは思っていたけど、彼も知っていたらしい。

話が早くて助かるな、なんて心の中で思っていると、そんな気持ちが表情にでも出ていたのだろうか。グラッツさんが苦笑交じりに「この街に住んでるやつに、知らないやつなんていないんじゃないか？」と言ってくる。

「それくらい、衝撃的な光景だったんだよ。華奢な女が大の男を投げ飛ばすなんていう構図は。それこそ先生は、王城で殿下にやったんだろ？　一体どんな騒ぎになっている事か」

「目撃者はそれほどいませんでしたよ。いたとしても、殿下の周りがきちんと口止めしているでしょう」

「そんなものか？」

「一応、彼の体裁に関わる事ですしね」

殿下に危害を加えたも同然の私に処罰が下らないように、国王陛下に自ら直接経緯はしっかりと伝えてある。私に落ち度はないと言っていただけてもいるので、問題はない。

男性を投げ飛ばす雄々しい女性となると、今世の貴族女性にとっては少なからず印象に打撃を受けるだろうけど、私の場合、婚約破棄されている時点で、既に打撃を受けている。

私への影響よりも、護身のために普段から剣を習っている殿下が自分より小柄な女性に軽々と投げ飛ばされたと知られる方が、打撃は大きいだろう。

少しでも殿下の事を考える側近がいれば、きっとすぐに手を回す。だからそこはあまり、不安視していない。

「でも、両手で荷物を抱えてて、いざという時に身を守れるのか？」

「その時は荷物を投げ出します」

「そりゃあまたえらく思い切りのいい……」

その様子を想像でもしたのだろうか。思わずといった感じで苦笑されてしまった。

するとそこに、やっとロナさんが現れる。

「あらぁ、来てたんなら言ってよぉ」

奥で休憩でもしていたのだろうか。お店の奥からやってきた彼女は、私を見るなりこちらにやってきてグイッと手を引いてくる。

「新しく『物語付きの商品』を増やしてねぇ！」

言いながらまず連れてこられたのは、キッチン用品が並んでいる場所だ。

彼女が見せたかったのだろうものは、すぐに見つかった。

――トレア工房：『二代目も使える超長持ち』シリーズ。

そう書かれた板書きが添えられていたのは、三、四人用くらいの大きさの鉄製の鍋だ。

私には鍋の良し悪しまではよく分からないけど、こういう名前を付けるくらいなのだから、きっと長持ちするのだろう。

「この鉄鍋、職人が拘った金属を使ってて、とても錆び難いっていう話でねぇ。実際には親子三代にわたって使えたっていうんだから、よっぽどでしょう？」

なるほど。どうやら『劣化が少ないから子どもの代にまで引き継げるくらい長持ちしますよ』という類の宣伝文句らしい。

「それはとてもすごいですね」

「でしょお？　その話を聞いた時に、『もうこれは、こういう板書きにするしかない！』と思ったのよねぇ」

それはさぞかしその職人さんも、長く使えるものを作っている事に誇りを感じているだろう。

問題は、この宣伝文句が本当なら、一度その鍋を買ってしまうと当分の間は新しい鍋を購入する必要がなくなってしまう事だけど……。

「この方の別のキッチン用品類は、売ったりしないのですか？」

「え？　えーっと、うちに卸されているのは、この鍋だけね」

彼女の答えを聞いて、私は心中で「そうなのか」と独り言ちる。

実はトレア工房は、他の金属用品も作っている。たまたま他のお店で見た出来のいい商品がその工房のもので、とても印象に残っていたのだ。

「であれば、もしこの板書きの効果が出て商品が売れ始めたら、先方にその旨を話して他の商品も卸してもらえないか、交渉してみてもいいかもしれません」

「他にもお願いしたところで、売ってくれるかしらぁ。相手がちょっと怖い人でねぇ」

「実際にどうかは分かりませんが、聞いてみるだけならタダでしょう？　おそらく『卸してもらっている商品の評判がいい』という話をして、怒りだす方はいらっしゃらないでしょうし」

「それはそうだけど」

「品質のいい商品があり、適切なお客さんに届けるための場所があるのですから、きちんとお話をして卸していただけるように交渉する事が、お店にとっても作り手にとっても、買い手にとっても幸せな事だと思いますが……」

それこそが、ロナさんの目指しているお店作りだった筈。そんな言葉を胸に秘めて、彼女の方をチラリと見れば、少し難しそうな顔をしていた彼女が、散々「うーん」と唸(うな)った後で「よし、決めたわぁ！」と言って顔を上げる。

「ダメで元々、当たってみるわ！　もしかしたら砕けるかもしれないけど!!」

「頑張ってください。なるべく砕けないように」

激励を送りながら、ふと視線を巡らせた先でもう一つの板書きを見つける。

――安くて美味しい！　お肌すべすべ!!　クレーゼン・ボルスターク高原の手摘み紅茶。

「お肌すべすべ……」

思わず商品を手に取った。

透明な瓶詰の茶葉は、綺麗に乾燥されている。

「あぁそれねぇ！　それも板書きに書いた通りよぉ。その証拠に、三十年間愛飲している近所のお婆ちゃんは、皺の少ない若々しいお肌をしてるものぉ」

美味しい。お肌すべすべ……いや、安いのなら塾でも出せるし、お肌すべすべ……いやいや、元々美味しいお茶を、紅茶を淹れるのが上手なフーが淹れたらどれほどか。すべすべ……。

「一つ頂いていいでしょうか」

「いいわよぉ、毎度ありぃ!!」

嬉しそうなロナさんにすぐにお金を払って、とりあえず二瓶だけ買い求める。

宣伝文句の力を身を以て体験した上で、「果たしてこの宣伝文句は大丈夫だろうか」と少し考えを巡らせる。

宣伝文句は、元々「嘘にならないように気を付けてつける」方針にしていた。

ロナさんもきちんと嘘にならないように根拠になる方を見つけてきているようだけど、実際にはそのお婆さんのお肌のすべすべが、個人差によるものなのか、紅茶の効果によるものなのかは、正直に言って定かではない。

もし前世でこういう文句を成分検証もなく使ったら、少なからず問題になるだろう。

しかし幸いにも、今世は前世と比べて化学が進歩していない。成分の検証という概念もない。嘘に当たると断言できる方は、この世に一人もいない。

それなら、後で宣伝文句の下の方に念のため「近所のお婆ちゃん談」と書いておいた方がいいと、助言するくらいでいいだろう。

「そういえば、今日だったわよねぇ。フーたちの」

お釣りを受け取ると、唐突にそんな話題を振られた。

それでも彼女が何の話をしているのか分かったのは、今日という日が、かなりの時間をかけて準備してきたものが一つの形になる日でもあるからだ。

「ええ」

ゆっくりと目を閉じて、瞼の裏に喜ぶ二人の姿を想像し微笑んだ。

「せっかくの休日です、二人には気兼ねなく楽しんできてもらえたら嬉しいですね」

夜にフーと二人で出歩くなんて、初めてだ。そう意識すれば、どうしたって彼女がいる右側が気になって仕方がない。
「お嬢様、お一人でお留守番だなんて大丈夫でしょうか……」
緊張する。

別に手を繋ぐわけでもない。気にする必要なんてないのに、一人で握り込んだ拳の中にじんわりと掻(か)いた汗を意識すれば、一層緊張感が増す。

「それで、こんな夜に連れ出して、一体どこに用事があるの？」

夜の暗がりを、家々の窓から漏れる明かりが先導してくれているかのようだった。

お陰で足元までは暗くない。そこに注意を割かなくていい分、余裕のない今の俺の心持ち的には助かった。もし足元がよく見えていなかったら、その辺に転がっている小さな石に躓(つまず)いて転びそうになったとしてもおかしくなかっただろう。

ポケットの中を手で探れば、小さな紙袋の感触がある。

中に入っているのは、もちろん彼女への贈り物。前にもらったもののお返しにずっと温め続けていた、今日渡すと決めている品物だ。

場所も用意した。いや、用意してもらった。あとは俺が、彼女に渡すだけ――。

「ダニエル？」

「お、おう？」

ツンと服の裾を引っぱられ、俺はハッと我に返った。

隣を歩くフーの怪訝そうな表情と目が合う。ドキリと心臓が飛び跳ねる。

「聞いていなかったのですか？」

「え、あ、えーっと……」

少し怒ったような声色の彼女に「ヤバい」と思い、聞き流した彼女の声を頭の中で必死に思い出そうと試みた。しかしまぁ、聞き流した話の内容だ。頭に残っている筈のないものを思い出そうだなんて、そもそも無理な話で。

「だから、どこに行くのかって聞いているんだけど」

「あぁ！　それは着いてからのお楽しみ」

「何ですかそれは」

せっかく今日まで隠してきたのだ。アリステリア様にも、周りの人たちにも、内緒にしていてくれるように協力をしてもらっていた。

しびれを切らし始めているフーには申し訳ないが、もうすぐネタばらしなんだから、あと少し我慢してもらいたい。

俺の口が堅いと分かったからなのか、フーはため息と共に消極的な許容をしてくれた。

二人で夜の街を歩く。

商店街に差し掛かると、開いているお店はもうチラホラとしかないのが見て分かった。すれ違う人もまばらだ。その人たちも、おそらく家路につくところなのだろう。

そんな人たちに逆らうように、俺はフーを先導して歩く。

「着いたぞ、ここだ」

「リズリーさんのところの食堂？」

彼女の怪訝さが深まった。今にも「リズリーさんの食堂に来るなら、お嬢様も一緒に来ればよかったじゃない」と言い出しそうだ。

だから彼女が何かを言い出す前に、ドアノブに手をかけ扉を引いた。

「あ、いらっしゃいませー！」

中から掛けられた声がとてもよく聞こえたのは、思いの外店内が静かだったからだ。

当たり前だ。今日はお店の定休日。本来お客を招く事のない日である。

しかしお店には明かりが灯り、リズリーさんがいて、奥からは料理の匂いがしている。

「ちゃんと用意してあるわよー。さぁ入ってー！」

促されるままに、店内に入る。

案内されたのは一番奥の席だ。近くの壁には、儚くも美しい人魚の絵が書かれた木紙が貼られており、藤色に染められたテーブルクロスが、そこが特別な席である事を示すかのように敷かれていた。

「ようこそ、お二人さん。リーレンの食卓へ」

「リーレンの食卓？」

リズリーさんの呼びかけに、フーが小さく首を傾げた。

俺相手だったら、座る前に「どういう事だ」と尋問タイムが始まっていたかもしれない。彼女が促してくれたお陰でとりあえず着席し、満足げに微笑んだリズリーさんが「じゃあすぐに持ってくるから」と言って下がったところで、ギロリと睨みつけられてしまった。

「どういう事ですか、ダニエル。きちんと説明なさい」

自分だけ知らない状況というのが、おそらく気持ち悪いのだろう。少しお説教モードに入ってしまった彼女に、俺は思わず苦笑した。

「前に、アリステリア様がリズリーさんから相談を受けた事があっただろ？　ロナさんやシーラさんと一緒に、自分も食堂で何かしたいって」

「たしかにそんな事もありましたが」

それが何だというのだ。そう言いたげな彼女の気持ちは、俺にも少しだけ分かる。

かなり早い段階で今回の計画を話していたから、皆秘密裏に準備を進めてくれていたのだ。そのお陰で、フーから見れば『リズリーさんの食堂で何かやる』という話は、最初にアリステリア様が案を出した状態から動いていないように見えている筈である。

「その話、実は進んでてな。今日は、食堂の定休日なのを利用して、実際にお客さんに料理を出す予行練習の日になってる」

俺の言葉に、彼女は少し驚いたようだった。その反応だけで、フーが家にいない時を狙ったり、時には家の外に集まったりしてコソコソと動いてもらっていた日々が少し報われる。

「……それで『リーレンの食卓』ですか。しかし、それならお嬢様もご一緒した方がリズリーさんたちに助言もできて都合がよかったのでは？」

「それについては、色々あってな」

「色々？」

ポケットから、小さな紙袋を出す。

彼女が「ロナさんのお店の紙袋？」と呟いた。

「前に、俺が頑張っているからって、贈り物をくれただろ？　でも、フーだっていつも頑張ってる。だからこれは俺からフーに」

お返しと、労いと、感謝を込めて。そんな言葉は、敢えて口にはしなかったけど、伝わったのではないかと思う。

紙袋を受け取ってくれた彼女に「開けてみて」と促すと、彼女は思いの外丁寧な手つきで紙袋の中を手の上に出した。

「これ……」

「リーレンの涙シリーズのネックレス。この前ロナさんのお店に行った時、ちょっと欲しそうな顔をしてたけど、どうせフーの事だから『自分用の装飾品なんてお嬢様の役に立つ事もないし』とか思って、自分じゃ買わないだろうから」

フーは、手元のネックレスに視線を落としたまま動かない。

もしかして、気に入らなかったか……？　そんな不安が急に首をもたげてくる。

いやでもあの時は、たしかにこれに心惹かれていた筈だ。となると……はっ！　もしかしてもう買ってたか!?

だとしたら、同じものが二つ。たとえ贈り物だったとしても、フーなら「消耗品ではない物を二つ持っていたところで」とか、真顔で言い出しそうではある。

今更ながら、そんな想像が頭をグルグルし始めた。

どうする？　これでも一応、今日までずっと緊張しながらも、フーが喜んでくれるんじゃないかという期待を、毎日心の中に積み上げてきた。

もし今ここで「要らない」と言われたら、流石の俺もちょっとくじけそう――。

フッと、向かい側から笑ったような気配がした。

顔を上げると、いつもはあまり感情を表情に出さない彼女が珍しく、頬を緩めてこちらを見ている。

「何でそんな、まるで今日世界が滅亡するかのような絶望顔になってるの？」

どれだけ俺の顔が可笑しかったのか、口元に手を添えてクスクスと笑う彼女の表情に、心臓がドゴンと跳ね上がる。

何だこの笑顔の破壊力は。どんなにしんどい訓練の時も、ここまで心臓が稼動した事は多分一度もない。

これは、どうにかして内心を取り繕わないと、ご飯を食べ終わるまで持たない。そう思い、何か話題は……と、頑張って気を紛らわせる。

「えーっと、あ、そうだ！　今日の料理はいつも頑張っている俺たち二人に、アリステリア様からの贈り物でもあるんだよ」

言うのをウッカリ忘れてしまうところだった。そんな事が後でフーにバレたら、間違いなく怒られていたところだった。

今思い出せた自分を心の中で褒めながら、俺は「お嬢様が？」と聞いてきた彼女に笑顔で応じる。

「元々は、俺がリズリーさんの話を聞いて『どうせリーレンの涙を渡すなら、フーが興味を持っているみたいだった料理と一緒に渡したい』っていう相談と、二人で夜に外出する許可を得たくてアリステリア様に話したんだけど、そしたら『では夕食は、私から二人への贈り物という事で』って、気前よくな」

アリステリア様は、貴族である。もしかしたら平民がちょっと特別な日に食べるくらいの価格帯の夕食を「気前よく」なんて言ったら、却って失礼になるかもしれない。

が、俺はアリステリア様のああいう、誰かがやりたい事にすぐに協力の手を差し伸べてくれる精神性に、いつも気前のよさを感じている。

おそらくそれは、俺だけじゃない。彼女に関わった事のある全員が、少なからず思っている事なんじゃないだろうか。

「お嬢様が……」

柔らかく微笑む彼女の表情が、先程の笑った顔とかなりいい勝負なのは、「まだまだフーの心の中のアリステリア様には勝てそうにない」と落ち込むべきなのか、「やっとアリステリア様と並べるくらいまで来た」と喜ぶべきなのか。

いや、おそらく後者でいい。少なくともクレーゼンに来るまでは、彼女からこんな表情を向けてもらえる事なんてなかった。

フーが何故(なぜ)ここまでアリステリア様に心を砕くのか、その発端こそ俺は知らないが、彼女がどれだけアリステリア様の事を大切にしているかは知っている。

優しくて驕(おご)らず、前に進み続ける強さを持っている。何でもできる人だけど、だからこそ自立している彼女の隣で、支えるまでもなくとも寄り添いたい。

以前、フーがそう言っていた。

俺だって、ただ単にフーを追いかけるという理由だけで、クレーゼンまでついてきたりはしない。もし実際にそうだったら、少なくともフーから、とてつもない拒絶と軽蔑を向けられていたのではないかと思う。

アリステリア様は、強くしなやかな人である。だからこそ、ついていく価値があると俺は思う。強い芯がちゃんと一本通ってるような人じゃないと、俺はついていきたいと思わない。

自立した女は、可愛くない。以前社交界でそんな話をチラッと聞いたが、一体どこが可愛くないだと？　可愛いに決まってるだろ！　自立してたって！

むしろ、頼る必要がない上で尚、選ばれる事に意味がある。それは、アリステリア様に騎士として選ばれる場合も、フーに伴侶として選ばれる場合も、同じ事だ。

そんな事を考えていると、前からチャリという小さな音が聞こえてきた。

見ると、フーがネックレスを首に付けているところだ。少し首を下げ、後ろに手を回しているのは、留め具を付けているのだろう。

俺としては、伏し目がちな表情を見せるフーがいつもの何倍も綺麗に見えてまた心臓が飛び跳ねたが、そんな事はすぐにどうでもよかった。

「……貰った礼儀として、一応付けてみただけだけど」

ここで「似合いますか？」と聞いてこないあたりが、フーらしい。いつも通りを装ってはいるが、少し恥ずかしそうな顔の彼女に、これは不器用な照れ隠しだと気がついた。

きっと喜んでいなければ、わざわざ身に着けたりしないだろう。彼女はそういう人だ。

自分が贈った物を、想い人が身に着けてくれている。しかもそれが、似合っている。その上喜んでくれているとなれば、もう最高だ。これ以上の幸せはおそらくない。

「買ってよかった」

そう言えば、彼女が欲しかった回答に少なからず触れる事ができたのか。素っ気なくも少し嬉しそうな「そう」という答えが返ってきた。

そんな俺たちの様子を見計らってか、リズリーさんが最初の料理を運んできた。

「お待たせー。じゃあまずは、これからね」

そう言って彼女が出してきたのは、大きな木皿に載った海藻サラダだ。

「食事の始まりは、リーレンが想い人に出会う前にいた、住処(すみか)の海底をイメージして作ってるの。これから貴方(あなた)たちが出会う料理の先触れに」

という事は、この人参(にんじん)が星形に切られているのはヒトデか何かの代わりなのだろうか。ソースが綺麗な水色なのは、海を連想させるため……だとしても、一体どうやったらこんな色が付けられるのか。

ちゃんと美味しいんだよな……？　大丈夫？

青いソースに若干の不信感を抱きながら一口食べると、え、美味しい。普通に美味しい。多分酢を元にしたソースなのだろう。さっぱりとした味だ。

「『リーレンの食卓』は、前菜から順番に出していく形にするのですか？」

「うんそうよー。せっかくロナの『物語』を使わせてもらうなら、料理も物語風にできればいいなと思ってねー」

俺と同じように食べながらフーが尋ねると、どうやら俺たちに感想を求めているらしいリズリーさんがソワソワしながら待っている。

そんな彼女にフーは「いいと思います」と返した上で、一つこんな提案をした。

「以前お嬢様が貴族相手に着座での夜会を開かれた時に、今日と同じように料理を順番にお出しする形式だった事があるのですが、その際はお品書きというものを作られていました」

「お品書き？」

何だそれは。リズリーさんと一緒になって、俺も思わず首を傾げる。

「はい。どんな料理が出てくるのか、あらかじめ予告する紙……といえば分かりやすいでしょうか。こういった形式の出し方は、次に何が出てくるか分かりません。後で出てきた好物などを「食べたい」と思った時には、既に満腹で食べられないという事があるかもしれないからと」

「つまり『食べたいものが食べられなくなって残念な気持ちにならないように、事前に献立を確認してもらう』っていう事か」

「なるほどねー！」

たしかに、あらかじめ何が出てくるのか知っていれば、後に出てくるもののために腹の余力を残しておく事だってできるだろう。

まったくすごいな、アリステリア様は。そんなところにまで気を回して。

「ありがとうフー！　そういう意見、助かる！」

褒めではなく指摘だったのにも拘らず、リズリーさんは嬉しそうだ。

こういう人間は伸びる。騎士でも指摘を聞き入れられるかどうかで上達の度合いが違うが、それは何においても同じだろうから。

こういうところ、アリステリア様の生徒っていう感じがするよなぁ。

「他にも気がついた事があったら、料理の事でも演出の事でも、何でもいいからドンドン教えて！

そのためのプレオープンだから」

「ぷれおーぷん、とは何ですか？」

「さぁ？　何かアリスが今日の事をそう言ってた」

たしかにアリステリア様は、ごくたまにこういうふうに、よく分からない言葉を使ったりもする。

一体どこでそんな言葉を覚えてくるのかは知らないが、脳筋の俺とは違い、アリステリア様は物知りだ。きっと色んな所から、日々知識を得ているのだろう。

「演出……そういえば、このテーブルクロス、リボン刺繍が施されているのですね」

「そうなのー！　これは、このためにシーラにお願いしてねー！」

まるで自分の事のようにシーラさんの作った物を宣伝する彼女は、見るからに自慢げだ。

たしかに彼女がそうなる理由も分かる。人魚・リーレンのイメージに合わせて施されているのは波の刺繍。縁取り部分と、ちょうどテーブルの端になる部分に入ったそれらは、時間を持て余した時に思わず目が吸い寄せられるくらいには、俺の目から見てもよくできている。

「流石はお嬢様が認めた腕です」

「これ、またロナさんのところで売れるんじゃないか？」

「その話も、もうしてるー。シーラもやる気になってるしねー！」

という事は、これを機にシーラさんの刺繍の商品がまた一つ増えたという事か。シーラさんもすごいなぁ。まぁ、他の生徒たちもだけど。

結局のところ、アリステリア様の周りに集まっている人たちは、皆自分で何かを見つけたり、見つける手伝いをしてもらったりして、各々前に進んでいる。

これからも新しいものが、このクレーゼンから生まれていくのだろうか。そう思うと、純粋に先が楽しみだ。

「じゃあ少ししたら、また次の料理を持ってくるねー。ごゆっくりー」

リズリーさんが、奥に引っ込む。

途端に静かになったテーブルに、「そういえば二人で来たんだった」という事を今更思い出した。

サラダを食べながら、彼女は美味しいと思っているだろうか。今の時間を楽しんでくれているのだろうかと、何だか急に不安になってくる。

そんな俺の内心を、もしかしたら察したのだろうか。

「こういうのも、たまにはありかもしれません」

呟くようにそう言った彼女の言葉の意味を読み解けば、おそらく「連れてきてくれてありがとうございます」である。

思わず口元が綻んだ。

「どういたしまして」

そう言えば、返ってきたのは無言である。

どうやら俺の解釈は正解だったらしい。でなければすぐに否定が返ってくる事を知っているから、言葉なんてなくても問題なかった。

第五章　平民ディーダの大志

「ロナのお店、最近ちょっとした噂（うわさ）になってるねー！」

午後、皆が食事を終えて塾に集まり出した頃。リズリーさんが勉強の準備をしながらそんな話題を出してくる。

私も最近は、買い物のために街に出るとロナさんのお店の話を聞く事が増えた。

曰（いわ）く、あそこには変わったものが置かれている。面白いものが売られている。いい商品が見つかる。その他様々。

共通しているのは、総じて好意的な意見だという事である。生徒のお店が生徒の夢をなぞる形で有名になり始めているのは、私としても嬉（うれ）しい限りだ。

「別にうち、今までと置いてるものを変えてる訳じゃないんだけどねぇ」

「っていう事は、やっぱりアリスが提案してくれた『物語』のお陰っていう事ー？」

リズリーさんとロナさんが、そう言うとまるで示し合わせたかのようなタイミングで、同時にこちらに目を向けてくる。

しかし、私のお陰という事はない。

「どんなに優れた宣伝方法だったとしても、実際にそれを行使する方がいて、初めて宣伝は成り立つものです。宣伝がきちんと機能するように、ロナさんが積極的に動いた結果が今なのですから、ロナさんはご自分を誇ってください」

「まーたアリスはそんなこと言っちゃってー」

「謙虚よねぇ」

もうちょっと偉そうにしていてもいいのに。そんなふうに口々に言われ、私は思わず苦笑した。

本当に、ただ意見を出すだけなのと実際にそれを形にする事の間には、大きな壁がある。それだけ自らの熱意で実行できるのはすごい事なのに、謙虚なのはロナさんも同じだ。

「リズリーさんは、食堂で『リーレンの食卓』を本格的に始めたのですよね？」

「うんー。食材の準備とか料理の手間とかがあるから、予約制でね。でも結構皆面白がってくれてるみたい。一席しかないっていうのもあると思うけど、一応予約は一ヶ月先まで埋まってる」

それは、かなり好調な滑り出しなのではないだろうか。

「リーレンの涙シリーズを身に着けて来店した『食卓』予約者には、デザートサービスをする事にしたら、結構付けてきてくれてるよー」

「それで売れ行きがいいのねぇ！」

「そんなにすごいの？」

「うん。今急いで追加分を発注して作ってもらってるところよぉ」

二人の話を聞いていると、相乗効果があったようだ。

皆が得をし、嬉しくなる仕事ができている。それはきっと、次への意欲に繋（つな）がるだろう。

リズリーさんのところで料理を出すのを機にシーラさんが作ったテーブルクロスも、同じ柄のランチョンマットという形で売り出す事になり、只今（ただいま）量産中である。

先日私から刺繍（ししゅう）の合格を貰（もら）いご褒美に『リーレンの涙』の指輪を買ってもらったエレナさんが、今は元々シーラさんが作っていた刺繍小物作りを引き受けている。親子二人並んで座り、黙々と針を進める様子は、何だかとても微笑（ほほえ）ましい。

仕事もそれでうまく回っているので、万事好調だと言っていいだろう。


「あ、そうだアリス」

「何ですか？」

「お店に並べてる板書きがあったじゃない？」

「えぇ」

「最近よく他の店の人たちに『あの板はどこで買ったのか』って聞かれるんだけど」


あぁなるほど。それはおそらくロナさんのところがやっている板書きを見て「いいな、やってみよう」と思った他のお店の方たちが、実際にやってみたはいいものの、何だかしっくりこない……あ、あの板書きと同じやつに書けば垢抜（あかぬ）けるのでは？　と思ったのだろう。

さも「どうする？」と聞きたそうな目は、少し申し訳なさそうだ。

おそらく板の仕入れ先を教えてもいいか、聞きたいのだろう。

彼女にも人付き合いがある。おそらく聞いてきた方の中には仲のいい方も含まれていて、仕入れ先を教える事は、作ってくれた方たちの利益にもなるから是非教えてあげたい気持ちがあるのだろう。

「教えてあげていいと思いますよ？」

「えっ、いいの？　もし教えたら、『物語付け』の宣伝、真似(まね)されちゃうと思うわよぉ？」

おそらく「いいよって言ってくれないかな」とは思っていても、ダメだろうとも思っていたのだろう。快く許諾した私に、彼女は多少面食らう。

しかし、まったく問題ない。

「宣伝の方法なんて遅かれ早かれ真似されるものですよ。その代わり、ロナさんが大変になるのは必至ですが」

宣伝方法が普及すれば、どうしても物珍しさが薄れる。必然的に、品質が問われる事になる。

一方、どうせ他のところが似たような見栄えのする板を作り真似するだろうけど、仕入先を教えなければ、僅かながらに時間を稼ぐ事はできる。

教えるか、時間稼ぎをするか。私はどちらでも構わない。方針はロナさんとグラッツさんに任せる。

「じゃあ教えてあげる事にするわぁ。同じ事をやってくる人たちに埋もれないようにしないといけないけど、それは大丈夫！　私、うちの店を『面白い宣伝文句が溢れるお店』『宣伝文句を見たら、思わず買いたくなっちゃうお店』にすることを目指すから！」

やる気漲る彼女の様子に、私も思わず笑顔になった。

「それがロナさんの、次の夢ですか。再びお店を訪れる時が楽しみです」

「楽しみにしててぇ！　……あっ、それと」

そこまで言うと、彼女がちょいちょいとこちらに手招きをしてきた。

要望に応えて、彼女の側に寄る。すると、耳元に手を添え、こう囁かれた。

「ついでに知らない人には、簡単な字の書き方も教えておくわよぉ。そうすれば、アリスが目指してる『字を書ける人が増える未来』が、ちょっとは早くなるかもしれないしぃ」

思わず目をパチクリとさせる。

たしかに度々そんな夢を話していたけど、まさか手伝ってくれるとは。驚いたけど、とても嬉しい。

「ありがとうございます」

「任せておいてよぉ！」

威勢のいい声と共に、彼女がトンッと自分の胸を叩く。

そんな彼女の気遣いの代わりと言ってはなんだけど、私も板の件について、一つ助言をしておく事にした。

「板の仕入れ先の件、もしお店と作り手の橋渡しをしたいというのなら、直接作り手を紹介するのではなく、ロナさんのお店で仕入れて彼らに売った方がいいと思います。注文が殺到してしまった結果、使いたい時に自分たちが仕入れられない……などという事にならずに済みますし、もし売れ残っても自分のお店で使い切ればいいだけですから、損はゼロですし」

「あっ、それはそうかもぉ！　ちゃんと旦那に言っておくわぁ」

「おそらく最初はそれなりの枚数が売れるだろうと思いますので――」

最初の仕入は少し大げさなぐらいがちょうどいいかもしれません。そう言葉を続けようとしたのだけど、聞こえてきたキィという音に、言葉を止める。

私たちが話をしている間に、今日来る予定の生徒たちは全員準備を済ませて席についている。にも拘らず、外との出入り口の扉が、今ほんの少しだけ開いた。

元々開いていた扉が、風で開いた……という可能性はない。先程皆が来たタイミングで、フーが一度扉から出入りしていたのを目の端で確認している。

うちの扉は、風で勝手に開いてしまったりはしない。他の方はともかくとしても、彼女が扉を閉め忘れるような事はない。

となれば、あの扉が開いている理由は一つ。

開いた扉の隙間に目を凝らすと、扉の向こうで小さな何かが動いたのが見えた。それが小さな人影だと察するまでにさほど時間がかからなかったのは、警戒心の高そうな釣り目がそこから覗いたからである。

その目は、まずこの室内を一度見回した。私と目が合ったのはその後だ。おそらくその目の持ち主が中をより詳しく探ろうとした時である。

「ご用でしたら、中にどうぞ？」

目が合ったのと同時に相手の頭がビクッと大きく揺れたので、なるべく相手を怖がらせないように最大限気を配りながら告げた。

私の声に、彼の来訪に気がついていなかった面々の視線が一斉に扉に集中する。

それから、数秒。ゆっくりと開いた扉の先には、七、八歳ほどの深緑色の髪の男の子が立っていた。

目つきが鋭いのは、単に釣り目だからという事の他に、こちらを警戒しているせいもあるのだろう。彼の目の奥には、紛れもない疑念が見て取れる。

それなのに彼がわざわざここに来たのは、何故か。答えはこちらが聞かずとも、彼の口から明かされた。

「ここは、夢が叶えられる場所だって聞いた。俺の夢、叶えられるもんなら叶えてみろよ！」

開口一番に、挑戦状を叩きつけられた形だ。

最近色々な方の夢を聞く事が多くなったけど、まさかこんな形で相談を受けるとは。そんな驚きと新鮮な出会いに、私は思わず目をパチクリとさせた。

とりあえず彼を家の中に招き入れ、フーに紅茶を淹れてもらった。

今日は、比較的生徒の数が少ない日だったのが幸いした。大皿に載っていたお菓子を、少し小皿に移して彼の前に出す。ちょうどテーブルも一式余っていたので、彼と向かい合わせに二人で座った。

「お母さんが、隣のオバさんとここの噂話をしてたのを盗み聞きした」

サクサク。

「本当は女しかいないところになんて来たくなかったけど、仕方がなく来てやったんだ」

サクサク。

言葉の合間に聞こえてくる咀嚼音は、もちろん目の前の彼のものだ。その証拠に、彼の目の前にあるお皿から、次々とクッキーが消えていく。

見ていて気持ちがいいくらいの減り具合で、夢中で食べている彼が微笑ましい。

とりあえず名前を尋ねてみると、彼は自らを「ディーダ」と名乗った。

終始上から目線な語り口は、どうやら少し素直になれない性分らしい。

今の時点で分かるのは、彼が夢を叶えるために、母親には内緒でここに来たという事。そして彼の夢は、――少なくとも彼自身にとっては――実現するのが難しいのだろう事。この二つだ。

「たしかに貴方(あなた)の言う通り、メティア塾にはまだ結果的に女性の生徒しかいません。年齢層も貴方と比べると高いですし、そういう方々が多い場所に来るのには、さぞ勇気が要った事と思います」

おそらくエレナさんよりも、年は二、三歳ほど下だろう。

子どもの頃の二、三歳差は大きい。そんな場所に単身でやってきたのである。行動力は素晴らしい。そう伝えたかっただけなのだけど、どうやら少し反発したい年頃のようだ。

「べっ、別に勇気とか出さなくても来れたし！」

褒めたつもりが逆にプイッとそっぽを向かれてしまい、私は小さく苦笑する。

後ろで、笑いながら「生意気ねぇ」と言ったのは、おそらくロナさんだ。

皆には各々の勉強を再開するようにと指示を出し、いいお返事も頂いていた筈(はず)なのだけど、やはり初めての男性の来訪者、しかも子どもが一人で来たとなれば、どうしたって興味を惹(ひ)かれてしまうのだろう。

その気持ちも、分からなくはない。しかし相手は子どもなのだ。彼女の言葉たった一つで集中力が切れてしまうし、そうなればきちんと彼の話を聞けなくなってしまうかもしれない。

特に売り言葉をすぐに買ってしまいそうな彼には、他に気を散らせてほしくなかった。既に声がした方をキッと睨(にら)みつけている彼は、もう実際に半分ほど、こちらに割く聞く耳を失ってしまっているように見える。

「ロナさん。他の皆さんも、聞き耳を立てていては勉強に集中できないのではありませんか？」

やんわりと注意すれば、皆まるで悪戯がバレた子どものように分かりやすく「バレた」という顔をしてから、再び机に向かう。

彼が少し緊張しているようだったから、人の多い場所の方が気も紛れるかなと思ったのだけど、もし過度に気が散ってしまうようなら、別の部屋に移動する事も考えよう。そんな事を思いつつ、私は改めて彼に向き直る。

「それで、ディーダさん。貴方は先程『ここは、夢が叶えられる場所だって聞いた』と言っていましたが、貴方が叶えたい夢というのはどのようなものなのですか？」

先程からずっと止まなかったサクサクという咀嚼音が、ここで初めてピタリと止んだ。

一拍置いて、手に持っていたクッキーを食べ終え、指先を綺麗に舐めてから、こちらを睨み上げてこう言った。

「俺の夢は、金属技師になる事だ！」

「流石のアリスでも、それは難しいんじゃないー？　だって君、農家のアルムさんちの息子でしょー？　家を継ぐんじゃないー？」

「農業は兄貴が継ぐんだからいいんだ！　俺は自分のやりたい事をするんだ!!」

気遣わしげなリズリーさんの声に、ディーダさんは今にも噛みつきそうな勢いで真っ向から反論した。

大きく舌打ちをした彼は「大人は皆そう言うんだ……」と呟き、俯く。ギリッと歯を食いしばっている彼を見ると、おそらくもう何度も大人たちから「無理だ」「諦めなさい」と言われてきたのだと察せられた。

大人たちだって、何も意地悪で彼にそんな事を言っているのではないだろう。

この世界では仕事は世襲制で、親から子へと引き継がれるものだ。もちろん「代々続けてきた家業を自分の代で廃れさせないために」という気持ちも少なからずあるのだろうけど、それ以上に、「自分の子にわざわざ茨の道を進ませて苦しい生活をしてほしくない」という親心だってある筈だ。

たとえ裕福ではないとしても、ある程度地盤の固まった仕事を引き継ぐ方が、安定した収入を得る事ができる。職業を世襲する事には、そういう利点が存在する。

メティア塾を開いてから、ここに通う方たちはそうではない生き方にも興味を持ってくれるようになったけど、それでもまだ少数派だと言っていい。普通である事に安心感を抱き挑戦を博打や無謀だと考える方は、まだまだ多い。

その上、だ。

「少なくとも特殊な技術の習得と、仕事をするには大がかりな設備が必要な金属技師が、夢ですか……」

「何だよ。できるって言っておいて、できないのかよ。口だけかよ！」

「いえ、私自身が教えられる職種ではないなと」

金属技師は、武器や防具、鍋から精密な細工が施される装飾品まで。金属を溶かして別の形に作り変える類の仕事をする方の総称だ。

シーラさんに教えている刺繍と同じく手に職を付ける必要があるタイプの専門職だけど、刺繍とは訳が違う。

少なくとも私は前世でも今世でも、その方たちの仕事を見た事があるだけ。窯の前に座って溶かした金属を鋳型に流し込んだ事もなければ、金属をハンマーでひたすら叩いて鍛えた事だってない。

そもそも職人の方たちは、自分の仕事場を聖域だと思っているし、仕事道具には強い思い入れを抱いている。

そういう矜持があって初めて、いい物を作るための土俵に立てると言ってもいいくらいだ。私のような素人が、簡単に触れられるような世界ではない。

それはもちろんこの子も同じだ。

「ディーダさんのお知り合いに、どなたか金属技師の方がいるのですか？」

「いねぇよそんなもん！　いたら自分で話しに行けばいいだけだろ！　最初からこんなところには来ねぇよ！」

他意のない質問だったのだけど、彼が苛立つには十分だったらしい。反発心を剥き出しにしてくる彼に、内心で「思った以上に気の短い子のようだ」と独り言ちる。

たしかに彼ほどの行動力があるのなら、実際にそうしたっておかしくはない。まぁしかし、直談判をしに行ったところで、受け入れてくれる可能性はかなり低いだろう。

そもそも技術を他者に教えるなんて、相手方にメリットがない。

むしろ、仕事のやり方を教えるのは一種の技術の漏洩になり得る。わざわざ自分の仕事を引き継ぐ子どもの、同業他社を育てる行為にも等しいのだから。

彼らが頑なに他者を拒むのは、ある種の正当防衛に近い。そう簡単に門戸を開かないのは、家族という最小単位の社会的集団の中では、決しておかしな話ではない。

彼に伝手もないのなら、尚の事難しいだろう。それが今世での一般的な考え方だ。

しかし彼はまだ幼い。そういった背景がある事も、一見ただ抱いた夢を否定しているだけに見える大人が彼に向けている優しさにも、彼はまだ気がつけていないのだろう。

少し質問を変えてみよう。

「では、金属技師になりたい理由は何ですか？」

「そんなのカッコいいからに決まってるだろ！」

分かり切った事を言うな、と言わんばかりの声色で答えが返ってくる。

金属技師になりたい気持ちに嘘はないようだけど……と思っていると、どうやら質問ばかりでいつまで経っても夢を叶えるための具体的な方法を言わない私に、ついにしびれを切らしたらしい。

「何だよ、あの話はどうせ嘘だったんだろ！　叶えられないくせに『夢が叶う』とか言うな！」

彼はそう言い捨てて、荒々しく席を立ち上がった。

彼が座っていた椅子が、ガタンという大きな音を立てて倒れる。こちらを振り返る事もなくバタバタと走って出ていく背中に声をかけようとしたけど、結局自制が働いてやめた。

彼がいなくなった室内に、些かの沈黙が流れた。それを破ったのは、少し気遣わしげなロナさんの声だ。

「まぁ気にしないでいいわよぉ、アリス。できる事にだって限度はあるんだし」

「いいえ、彼の夢を叶えるための助力ができない訳ではなかったのですが……」

「え？」

驚いた様子のロナさんを目の端に捉えながら、私は一人思考を巡らせる。

彼の意欲は見て取れた。彼にない伝手も、今世における普通を覆す例外の種も、私の手元に存在はしている。

しかし彼には、明確に足りないものがある。結局のところそれが埋まったと思えない限り、彼に夢を摑み取る機会を与える事はできないだろう。

これに関しては今までと違い、私が先生役をやる訳にはいかない。失敗は先方の未来も、これからも出てくるであろう今世における常識外の夢を抱く方たちの未来も、閉ざす事になりかねないのだから。

「さぁ皆さん、勉強を再開してください」

気が散ってしまった皆を促し、再び勉強に戻らせる。

多少は彼の事がまだ気になるだろうけど、彼女たちだって大人だ。反論するような方は一人もおらず、再開するときちんと勉強に集中し始めてくれる。
そんな彼女たちを確認してから、私は視線を窓の外へとやった。
——結局、きちんと話を聞けなかった。
一つだけ残った小さな後悔が、私の後ろ髪を引いていた。

翌日の朝、護衛のダニエルと共に街の外れに向かったのは、少なからずディーダさんの事があったからだ。
訪れたのは、半球体の、雪で作ったかまくらのような見た目の、鉄打音が響く家だった。
大きな煙突がニョキッと一本飛び出た独特のフォルムは、先祖の趣味だという話を聞いた事がある。木造りの家が多い中珍しくこの家がレンガ造りなのは、中で火を扱う仕事を行うからに他ならない。
カーン、カーンとほぼ等速で聞こえてくる鉄打音に誘われるようにして、はめ込みの窓から中を覗けば、手元の金属に向かって一心不乱にハンマーを振り下ろしている、一人の男性の後ろ姿があった。

半袖から覗くその腕は、とても筋肉質。たくさんの古い切り傷や、やけどの痕が見て取れる。すべては彼の研鑽の証であり、金属技師としての歴史の証明でもある。彼自身の口から「これなしでは今の俺はなかった。これはこれまでの俺の矜持だ」という話を聞いたのは、たしかここを訪れて二度目の事だったか。

ここに来るのは、今日で四度目。彼を知ったキッカケは、街でフーが買った、クッキーを焼くための天板だった。

「クッキーをうまく焼くためには、なるべく厚さが均等な天板が必要なのです。公爵家で使っていたものは、一流の技師が作っていたのでとてもうまく焼く事ができていました。――この天板は、公爵家のものにも引けを取りません」

フーにしては、珍しいほどの絶賛だった。

私も前世では、クッキーを手作りした事がある。しかしその時は、天板なんてオーブンレンジを買った時に付属されていて当たり前のものだった。

きっと別途天板だけ買う事もできたのだろうけど、その必要性は特に感じなかった。それは、そこまでクッキー作りに執心していなかった事に加え、前世の技術では一定の厚さの天板を作る事など、そう難しくなかったからだろう。

だから、厚みが違う事がどれほどクッキーの焼き上がりに影響を及ぼすのかは知らない。しかし、彼女はお世辞など言わない。そんな彼女が言外にでも「このクレーゼンに、一流の技師がいるなんて」と言ったのだ。

彼女の感覚を信じた私は、すぐにそのお店の店主に「これは誰が作ったのですか？」と尋ねた。

そこで彼の名前を知ったのが、最初。何度目かの来店時にちょうど納品をしに来ていた本人と顔を合わせ、そこからちょくちょくと話すようになった。

工房で彼の仕事を見学させてもらえるようになったのは、ここ一ヶ月くらいの事である。

いつもの事ながら、今日も事前の約束もなく来てしまっているし、仕事の邪魔はしたくない。

今日は塾が休みの日だ。日が暮れてしまっても問題ない。

終わるまでここで待とう。もし日が暮れてもまだ続くようなら、また次回に出直せばいい。そう思い、鉄を打っては火にくべ、打っては火にくべる彼の様子を、勝手に見学させてもらう事にした。

幸いだったのは、僅か三十分ほどで、彼が響かせていた音が止んだ事である。

打っていた物を水の中に浸けると、ジュゥッという音と共に金属が赤い色を失くした。

代わりに表れたのは、金属本来のねずみ色。目を凝らして出来栄えを確認する彼の目は職人の厳しさを物語るかのようだった。

小さく息をついたところを見ると、おそらく納得のいくものが作れていたのだろう。

「包丁ですか？　ダンさん」

扉をノックし、開けながら尋ねる。

「いつからいた」

「まだそれほど経っていませんよ」

「……前にも言っただろう。邪魔をしない、置いてある物を何も触らないのなら、入ってその辺に座ってるくらいは勝手にしていいと」

私が外で立ちっぱなしだった事を、おそらく気にしてくれたのだろう。肩にかけていたタオルで額に迸(ほとばし)っていた汗を拭いながら、呆(あき)れ交じりに彼が振り向く。

日々の打ち込みのお陰か後ろ姿こそ剛健そうに見えたけど、初老の男性だ。昔は茶色だったらしい髪や眉毛も今はもう白く、順当に年を重ねている。

「せっかくの素晴らしいお仕事の、邪魔になるような事はしたくないのです。見ていると時間を忘れますし」

「こんな地味な仕事を見て時間を忘れるなんて、物好きな嬢ちゃんだ」

素直な私の感想に、彼は素っ気なさげに鼻を鳴らした。

それが彼の照れ隠し、癖の一種だという事は、もう十分に心得ている。言葉少なで決して他人に言葉で伝えるのが得意な方ではないけど、私の質問にはきちんと答えてくれる、誠実で優しい方である事も。

お世辞なしに、彼の仕事を見るのは楽しい。

決して派手さはないものの、洗練された彼の技巧は、素人の私でさえ職人技だと感じるに余りある。彼に質問し作業工程の意図や内容を聞いた後は尚の事、彼の職人としての拘り(こだわ)を感じられるようになった。最初はただ「フーが褒めるものを作る方」というところに興味を持っていたけど、今では彼の作品や手腕・彼という人にまで興味を持つに至っている。

「……お前さんの言う通り、これは包丁だ。この後刃の部分を研いで、持ち手に模様を彫る」

おそらく最初の質問への答えだろう。端的に教えてくれた彼に「彫るところも、いつか一度は見てみたいですね」と言って微笑む。

そんな私を横目でチラリと見た彼は、少しの間を置いて呟いた。

「お前さんにになら見せてもいい」

「いいのですか？」

「見ててもこっちの仕事を邪魔しないだろう。こうして話をするのだってお前さんが、俺が話せる事と話せない事があるっていうのを分かっているからだ」

それはたとえば顧客情報や、金属の配合や窯の温度などの所謂(いわゆる)秘伝に当たるような知識への言及に関する事だろうか。

これについては、街でお話を聞かせていただくすべての方に対して気を付けている事ではある。クレーゼンのありとあらゆるものに興味を持ち、既知を得て、記憶しておく。それは『ただのアリス』としての趣味の延長としての側面が大きいけど、何もすべてがという訳ではない。

私には、領主としての責務もある。そういう意味でも街で見聞きできる情報というのは、有用だ。

知識の探求を優先するあまり、領主として対応する時に相手に心を開いてもらえないのでは困る。そういう気持ちも、もちろんある。

領主としての顔と塾を営む者、どちらの顔もあるが故に、どちらに寄った考え方で動いているかを分けるのは難しい。しかし、どちらにしてもそういう配慮のお陰で相手が嫌な思いをせずに済むのなら、それは何よりだと思う。

「信頼いただいているのであれば、光栄です。……お一人で大変ではないですか？」

私の問いに、彼は少し無言を作る。

言い淀(よど)んでいるのか、話したくないのか、それとも別に何かあるのか。逡巡(しゅんじゅん)が終わるのを気長に待っていると、やがて彼はポツリと呟いた。

「次はいないからな。俺一人で片付けられるくらいの仕事を請け負って、気ままにやってるさ」

その声が少し寂しそうに聞こえたのは、きっと気のせいではないだろう。こんな時に思い出すのは、やはり前に聞いた彼の工房と彼自身の事情だ。

「次を育てる気はないのですか？」

「誰がなってくれるって言うんだ。俺には一人しか息子はいなかった」

以前聞いた話では、彼の家族は奥さんの他に娘さんが二人と息子さんが一人いた。娘さんたちは既に他の家にお嫁に行っている。そして息子さんは――。

「音沙汰がなかったと思ったら、他の街で所帯を持ってるなんてな」

呟くような彼の言葉に、私が返せる言葉はない。

彼はおもむろに立ち上がると、刃研ぎの準備をし始めた。そろそろ仕事を再開するようだ。

「また来ますね、ダンさん」

「あぁ」

簡潔すぎるほど簡潔な返答は、非常に彼らしいと思った。フッと小さく笑みを零してから、私は彼の工房を後にした。


帰り道、少し散歩をして帰ろうと遠回りをしていたところ、ある民家の裏口に座っている少年の姿を見つけた。

見覚えがある顔だ。しかも、つい最近。

「そこで何をしているんですか？　ディーダさん」

手にしている折り畳みナイフに視線を落としていた彼の、小さな肩がビクリと震えた。慌ててこちらを向いた顔には、まるで悪戯でも見つかった時のような「マズい」という表情が張り付いている。

私を見てそれが剝がれたところを見ると、どうやら働いた悪さは私と関係がないようである。

「何でここにいるんだよっ！」

「たまたま通りかかりまして――」

「ちょっ！　声が大きい！」

喋るならもうちょっと静かに喋れ。声を潜めてそう言われたので、私も彼に倣い「はい」と声を潜めて言う。

彼がうずくまるように座っている丸太には、ちょうどもう一人分くらい座る余裕があった。隣に座って視線を合わせると、彼は「何で座るんだよっ！」とこれまた私を邪険にしてくる。

しかし敢えて気にしない。

「それで？　ここで何をしているのですか？」

「……隠れてるんだよ」

「隠れてる？」

私に折れる気がないと分かったのか、仕方がなさげに何をしているかを教えてくれた。

しかし何から隠れているんだろう。ちょうど小さく首を傾げたところで「母さんが『畑手伝え』っていつも煩いんだ」と言われて納得した。

「父さんも母さんも、俺の話なんてまるで聞いてくれないんだ」

「だから態度で抗議していると？」

「……それ以外にできる事がない」

なるほど。どうやらこれが彼の最大限の反抗らしい。

言われてみれば、たしかにまだ子どもで家から出るという選択肢も持てない状態では、仕事のボイコットは彼ができる数少ない主張なのかもしれない。

しかし少し残念だ。

「貴方には他の方より行動力はありますが、間違った方向に努力しても求めている成果は得られませんよ？」

優しい口調で指摘したのだけど、結局彼の心に摩擦を作ってしまったらしい。「は？」という言葉と共に苛立った顔を向けられた後、自虐交じりの表情で「俺の気持ちなんて分からないくせに、適当言うな！」と反発されてしまう。

「何故私に貴方の気持ちが分からないと思うのですか？」

「あんた、お貴族様なんだろ！　知ってるんだからな！　俺!!」

「たしかに私には貴方の気持ちは分かりませんが」

「ほら見ろやっぱりだ！」

「それは私と貴方の身分の差が理由ではありませんよ」

まっすぐすぎるくらいまっすぐにぶつかってくる彼だから、私もまっすぐな言葉と行動を選んでいく。

彼は案の定喧嘩腰で「じゃあ何が理由なんだよ！」と言ってきた。

――やっと彼が、私との会話の壇上に上がってくれた。そんな内心の喜びを隠して、私は彼に言葉を続ける。

「貴方は周りに自分の事を知ってもらおうとも、助けてもらおうともしていないからです」

「助けてもらおうとはしただろ！　現に俺はあんたのところに行って――」

「結局私の話を最後まで聞く事もなく出ていったのに、ですか？」

返す言葉に困ったのだろう、彼がグッと押し黙る。

「だ、だってあんた、俺が『金属技師になりたい』って言ったのに、『なれる』って言ってくれなかった！　質問ばっかりしてきてただろ!?」

「それは貴方の夢を叶える手助けをするために、情報が必要だったからですよ」

「情報？」

「えぇ。貴方がどんな方で、どんな環境下にいるのか」

何故金属技師になりたいのか。金属技師になる伝手はあるのか。それらはすべて、彼という人を知るための質問だ。

どんな答えが返ってくると正解、不正解という話ではない。どんな方なのかによって、夢を叶えるための最善の道が変わるから聞いたのだ。それを「意味のない質問」として切り捨てられてしまっては、彼を知る事ができない。それ以上話が進まなくなってしまう。

「貴方が無理なく夢を追うために、その手伝いをするために、私がした質問は必要でした。それはこれからする質問も同じです」

私はそう言って、彼がずっと手に持っていた物を指す。

「その折り畳みナイフ、先程眺めていましたが、もしかして大切な物なのですか？」

「……これは貰ったんだよ、四年くらい前に」

彼が緩めた手の中には、畳まれた武骨なナイフがあった。

持ち手になる部分に施されている彫刻は、彫りの深さもまばらでどこか不自然に角ばっている。覗いているナイフの刃の部分は、どうやら研がれていないようだ。これでは何かを切ろうとしても、切るというよりちぎる感じになってしまうだろう。

つまりおそらくは未完成品、それも品質自体もよくない。しかしそれをディーダさんは、大切そうに親指の腹で撫でる。

「その日は母さんに怒られて、ここに一人で出されてて。お昼ご飯もお預けで、多分俺は泣いてたと思う。そしたら知らないやつが通りかかって」

彼が言うには、その人がディーダに声をかけてきたらしい。ちょうど今の私と同じように、丸太に――彼の隣に勝手に座って、「何で泣いてるんだよ？」と聞いてきた。素直に答えると、彼は「親って煩いよなぁ」と笑いながら同調した後、このナイフを見せてくれたらしい。

「自分もよく父親に怒られるんだって言ってた。でも『自分の何倍も作る物はすごいんだ』って、自分で作ったっていうこれを見せながら話してくれた」

彼曰く、「何か色々言ってた気がするけど、何を言ってたのかは忘れた」そう。しかし父親を語る彼の顔がとても楽しそうだった事と、「魔法使いみたいな父親を越えたい」と言っていた事は、よく覚えているのだと。

「結局そいつはこれを俺に押し付けて帰っていったんだけど、俺は『怒られてもすごいって思える父さんってどんなだよ』『魔法使いみたいって何だよ』って思ったんだ。で、別の日にたまたま見かけて、後をついていったんだ。そしたら」

彼はそう言うと、少し遠くの方を見た。

「すごかった。何をやってるのかは正直言ってよく分からなかったけど、ただの石くれが何かになっていくんだっていうのは俺にも分かった。ずっと同じような作業をしてたけど、不思議と退屈はしなかった。本当に魔法みたいだって思った」

きっとその時の事を思い出しているのだろう。彼の目が強い羨望を帯びる。

「カッコよかったんだ。そう思ったんだ。俺もあぁなりたいと思ったんだ。だから俺、帰ってすぐに言ったんだ。父さんと母さんに『石をカンカンして作る人になりたい』って。だけど」

その先は、聞かなくても分かった。きっと「無理だ」と言われたのだろう。もしかしたら「そんな事を言う暇があるなら、家の仕事を手伝って」とでも言われたりしたのかもしれない。

今よりもっと幼い彼に、今世の仕事事情など分かる筈もなく、ただなりたい自分を否定されただけのように思えた事だろう。

子どもにとって、近しい大人の言葉は重い。自身が思い描く未来を否定される事は、本来「芽生

える前の可能性を摘み取る」事にも等しいものだ。

「……あの時はただこれをくれたやつについていっただけだったから、その場所がどこかも分からない。どうにか親の目を盗んで中が見られる工房を見つけて、コッソリ見たりしてるけど、誰も俺のやりたい事を応援してくれない。味方はいない。でも」

彼はこちらをまっすぐに見た。

「なりたいんだ、金属技師に。だから修業だってしてるんだ！」

「修業？」

「トンカチで石を叩く修業！」

そう言うと、彼は庭先を指さした。そこにはたしかに金槌（かなづち）が落ちている。

そのすぐ近く――庭先の一角には、指先大の角の鋭い小石たちが、まるで前世の防犯砂利のようにジャラジャラと落ちている。

「もしかしてあれは全部……？」

「何度も何度も石を叩いて、俺が修業で砕いたやつだ！」

だとしたら、子どもなりに本気で修業に臨んだのだろう。

「ディーダさん、少し手を見せてくれませんか？」

彼の瞳に迷いはなく、手段はなくともやる気は本物に見える。

大人たちに「無理だ」と散々言われても尚、彼は諦めなかった。まだ諦めていない、諦めたくないと彼なりに足掻(あが)いていた。その証拠が目の前にあるたくさんの砕けた石であり、何度もマメがつぶれて硬くなったこの彼の手だ。

「たしかに貴方が金属技師になるのは、難しいでしょう。——でも」

所詮は子どもの決意である。実際に金属技師の見習いをやってみたとして、途中でくじけない保証はない。それでも。

「難しいからといって、不可能という訳ではありません」

「え……」

心のどこかでどうせまた『無理だ』と言われる事を、想定してしまっていたのだろう。ポカンとした顔の彼と目が合った。

「夢を諦めずに済むように、知識を与え、機会を作り、場所を用意する。メティア塾はそういう場所ですし、そういう場所を作るために私がクレーゼンにいるのです」

彼の目が潤む。それを恥ずかしいと思ったのか、グイッと乱暴に服の袖で目元を拭う。

「金属技師になるためには、かなりの修業が必要です。話に聞くと、下積みだけでも最低三年。まずは雑用ばかりやらされて、やっと許可が出たと思ったら触れるのは品質の悪い鉄くずだけ」

そうして修業を積む中で、何度もやけどはするし、手は挟むし、失敗なんてザラにする。そうやってたくさんのガラクタを作って、それでもやり続けて初めて一つ、不格好な失敗作が出来上がる。

それでも尚そこがスタート地点だ。そこから更に研鑽を重ね、十年、二十年後にそれなりの品が作れるようになる。金属技師の世界は厳しい。

「他にも暑いし、今以上に力も要るでしょう。細かい作業で指にも目にも、負担がかかると聞きます。貴方が思っている以上に過酷な仕事かもしれませんよ？」

「それでもやる！」

「職人にゴールはありません。誰もが皆、自分の作る物に満足していない。次はもっといい物を作れるようにと、研鑽し続ける仕事でもあるでしょう。知れば知るほどに、自分と他の方との力の差を実感し、時には打ちひしがれる事もある。それでも一度始めたからには、簡単にやめる事はできません。それでも頑張ると約束できますか？」

「当たり前だ！」

この即答が、無知故のものか、きちんと覚悟があってものなのかは、結果が出なければ分からない。いい結果かどうか分かるのは、それこそ十年後や二十年後。彼が一人前の金属技師としてその名を知られるようになった時だろう。

気の長い話だ。それでも。

「分かりました。では少し、心当たりがあるので当たってみましょう」

「ダンさん。跡継ぎを、外から連れてきて育てるつもりはありませんか？」

ディーダさんと話をした翌日、私は改めてダンさんのもとを訪れていた。

「外、というのは『家の外』という意味か」

「はい。実は金属技師になりたいと強く希望している子が一人、私の知り合いにいるのです。貴方には、その子をご自身の後継者として育てていただけないかと思いまして」

私の答えに、彼はおもむろに止めていた仕事を再開する。

「その子どもの我儘を叶えたいか」

彼の声に少し棘があるように聞こえたのは、おそらく気のせいなどではない。

「その子の夢を叶える手助けをしたいのです。そして、この工房の跡継ぎ問題に関する手助けも。このままでは、貴方の持つ技術を継承する方がいない。この工房が潰れるだけではなく、せっかく受け継いできた技術も失われてしまいます。それはあまりにも勿体ない」

「……この世の仕事は、ほとんどが世襲制だ。うちも五代、それでやってきた」

「分かっています。それでも尚お願いしたいのです」

領地の財産が一つ消えてしまう。そういう気持ちがゼロだとは言い切れない。しかしそれ以上に、ダンさんが受け継いできたものが跡継ぎ問題如きで途絶えてしまうのが、どうしようもなく惜しい。それが紛れもない私の本音だ。

「もちろん貴方が『弟子を取る事』それ自体に、忌避感を抱いているのは理解しています。それでも尚工房が続いてほしいと願うのは、たしかに私の我が儘かもしれませんが」

私はこの工房の後継者問題とそれに付随するダンさんの悩みを知っている。

弟子に当たる実の息子さんが、厳しく指導をしすぎたせいで家を出ていってしまった事。

その方は既に家出先で、自身で生計を立てて所帯を持っている事。

そして、自身のやりすぎで跡継ぎを失い、結果として自分の代で工房を畳まなければならない事に、「ご先祖様に申し訳ない」と心を痛めている事。

それらの思いをずっと一人で抱えていて、墓場まで持っていこうとしている事。すべてきちんと覚えている。

それでも尚彼にこのお願いをしようと思ったのは、ディーダさんの我が儘のためなどではない。ただの私の我が儘だ。

でなければ、他のところに――そもそも弟子を取る事に忌避感を持たない方のところに話を持っていく。その方が間違いなく話が早い。

「彼は農家の家の子で、親に散々反対されていても尚、金属技師になりたいそうです。親に内緒で、バレないようにある工房の仕事をコッソリと何時間も覗いたり、親への抗議代わりに家の仕事をサボって隠れてみたり、修業と称して見よう見真似で金槌をふるい、何度も手のマメを潰していたり。思考と行動こそ子どものソレですが、少なくとも『金属技師になりたい』という気持ちは、本物だと思います」

それこそ金槌の件は、百パーセントよかれと思ってやっているのだろうけど、おそらく努力の方向が少し間違っている。

鉄を叩くフォームに変な癖がついてしまったら後々矯正が必要になるし、そもそも体がまだ未発達の子どもの体に負荷をかけすぎると、体を壊してしまう可能性もある。

金属技師も、体が資本だ。長期的に見て正しく頑張る必要がある以上、師のいない場所での修業はあまりお勧めできない。

それでも尚、私は彼を推してあげたい。彼には意欲も行動力もあり、誰に反対されても続けるという強さがある。期待できるだけの素質を持った子だと私は感じたのだ。

それに。

「その彼が金属技師になりたいと思うに至った、キッカケの品を預かってきたのですが」

そう言って、私はディーダさんから昨日預かったあの折り畳みナイフをダンさんに見せる。

彼はそれを一瞥し、そして思わず二度見した。彼にはさぞ見覚えのある物だろう。私でさえ、彼が大切にしている思い出の品として、似たようなものを見た覚えがあるのだから。

「四年ほど前、彼は家の外で泣いていたところをこのナイフの持ち主に話しかけられ、幾らか話をしたそうです。その方は自分の父親の事を『厳しい』と言いながらも尊敬を語り、父を越える事を目標にしていたのだと。このナイフを貰い話を聞いて『金属技師』に興味を持った彼は、実際に工房を覗きに行き、その方の父親の仕事を見て『魔法使いみたいだ』と思ったそうですよ」

「魔法使い……」

おそらく『魔法使い』という言葉にも聞き馴染みがあっただろう。

「たしかに不格好なものを幾つも作っていたが、そうか、あいつが……」

折り畳みナイフを手に取って、「へたくそだな」とダンさんが笑う。

酷評なのにも拘らずどこか嬉しそうなのは、息子の愚直さがよく出ているそれに、久しぶりに会えたからだろうか。

四年前と言えば、まだ息子さんが家を出る前だ。半人前の作った物がもちろん売り物になる筈もなければ、ディーダさんにナイフをあげたのが誰かなど、簡単な消去法だろう。

「私が紹介するのは、貴方の背中を見て『金属技師』を夢見た子です。少々気の強い子ではありますが、自分で夢を見つけて行動できるいい子です。もしかしたら彼のせいで、少しばかり工房内が騒がしくなるかもしれませんが」

「それは別にいい。どうせ久しく工房に話し相手なんていなかったんだ。誰が来たところで今までと比べて騒がしくなる」

最初と比べて随分と柔らかくなった声は、間違いなく私の話に好意的になってきてくれているからだろう。

「……引き受けたところで、必ず跡継ぎにするとは言えないぞ。前と同じようにまた志半ばで逃げ出すような結果にならんとも限らん」

「構いません。ダンさんが必要だと思う指導をしてあげてください」

「跡継ぎに据えたところできっと、周りからは『他の家の工房を横から掻っ攫った職人』だと言われるかもしれないぞ」

「そうですね。それに関してはこれから私がクレーゼンを発展させていく中で、様々な選択の自由が尊重される領地にしていきたいと思っていますが、もし誰かがそう言ったところでこの工房の屋台骨が揺らがないように、ダンさんには指導をしていただきたいなと。貴方の技術が彼にすべて伝授できれば心配はないと思いますが……血が繋がっていないせいで教えきれなかった、などという言い訳を、ダンさんはしないと信じています」

「言ってくれるなぁ、嬢ちゃん」

私からの挑発を、ダンさんはどこか楽しげに受け取った。

「世の中に対してもいやに挑戦的だ」

「既に『教育特区』などという挑戦的なものを陛下に進言している身です。今更挑戦的も何もありませんよ」

微笑み交じりにそう言えば、彼は少し驚いたような顔をした後、フッと口元を緩ませた。

「そうだった。お前さんはこの街でも噂の『変わり者の領主』だったな」

その言い方は初めて聞いたけど、別に腹立たしくはない。たとえどう言われていても、私は私がやるべき事をクレーゼンやそこに住まう方たちのために、これからもやっていくだけだ。

だから少し茶目っ気を覗かせて「そんなふうに言われているとは、まったく知りませんでした」と答えると、その反応が気に入ったのか。彼も口調に乗ってくれる。

「じゃあ俺も、周りからの俺に対する『外から跡継ぎを連れてくるなんて常識外れだ』という評価は笑って跳ね返すか」

「では……！」

「一つ一つ丁寧には教えないぞ。俺だって師の背中や手さばきを見て、技術を盗んで習得したんだ。どう説明したらいいのかなんて分からんし、口だって悪い。が、勝手に勉強して勝手に努力するくらいの事は、そいつの好きにしたらいい」

彼はそう言うと、折り畳みナイフを返してくれた。

仕事を再開した彼の背に「ありがとうございます」とだけ告げて、邪魔にならないように工房の外に出る。

外で待っていたダニエルに「どうでした？」と聞かれたので、私はニコリと微笑み返す。

「ディーダにいい返事ができそうです」

「そりゃあよかった。この話を聞いたらロナさんたちも、さぞ大騒ぎするでしょうね」

彼の言葉に、彼女たちの反応を脳内で想像してみる。

バシバシと背中を叩いて労ってくれるロナさん、「流石はアリスー！」と元気に大喜びするリズリーさん。純粋に驚くシーラさんに、彼女のスカートを引っ張りながら「ねぇ何がすごいの？」と尋ねるエレナさん。他にも様々な方たちの顔が、一気に想像できた。

ついにはディーダに根掘り葉掘り話を聞き始める面々と、その勢いにたじろぐ彼の様子まで思い浮かんだ。

皆さんにはきちんとディーダさんに手加減するように、あらかじめ言っておいた方がいいかもしれない。そんなふうに考えれば、自然と小さな苦笑が漏れてしまったのだった。

日が昇り、人が目を覚まして食事をし仕事に向かう時間。メティア塾の生徒たちが、家の前に集まっている。

「私、昨日は眠れなかったわよぉ」

「何でよー、あんた、関係ないじゃないー」

眠そうに目を擦るロナさんに、リズリーさんが爆笑する。

いつもなら、朝は誰も来ない。私たちもゆったりとした朝食後のティータイムを過ごしている筈の時間だけど、今日は朝でも変わらず元気な皆さんとの談笑が新鮮で楽しい。

二人の会話を聞いていて分かる通り、今日は特別な日だ。ただし、彼女たちや私にとっての特別な日という訳ではない。

「アリス先生、ディーダにはちゃんと伝えているんですよね？」

シーラさんからの疑問に、私は「はい」と微笑交じりに頷く。

「伝えています。彼は少しツンとした態度で『仕方がないな、寄ってやるよ』と言っていましたが」

「相変わらず素直じゃないねー」

「じゃあそろそろ来る頃かねぇ……。あっ」

ロナさんの視線を目で辿ると、向こうの方からこげ茶色の帽子を被った小柄な人影がやってくるのが見えた。

汚れてもいい服で来い。ダンさんの言いつけを守っているのが、既に泥染みの付いた服を着ている事から分かる。

いち早く彼を見つけたロナさんが声を上げたせいもあって、待っていた全員の目が、一斉にディーダさんに向いた。もしかしたら彼がこちらにすぐに気がついたのは、それが理由だったのかもしれない。

私たちの姿を見つけたディーダさんは、あからさまに嫌そうな顔をした。

おそらく思ったより人数が多かったせいだと思う。

私もまさか茶飲み話に彼の話をして「初日は見送りたい」という話が出た時には、まさか全員が予定を合わせて来るとは夢にも思わなかった。私はあくまでも「お時間が空いている方はどうぞ」と言ったのだけど、リズリーさんなんて朝の仕込みを一時的に抜けてまで来ている。

驚くべきなのは、同じような事をしてわざわざ来ている方たちが、他にも結構いるという事だ。メティア塾の絆と言えば聞こえはいいけど、傍から見れば野次馬である。

「ディーダァー！　昨日はちゃんと寝れたぁー？」

「黙れ、でかい声で恥ずかしい！」

ロナさんが口に手を添えて叫んだら、弾かれたように羞恥と怒りが半々の声が返ってきた。しかしロナさんは痛くも痒くもなく大きく手招きをしているし、リズリーさんはケタケタと笑っている。

こういう大きな反応をすればするほど面白がられてしまうのだけど、ディーダさんにはまだ分からないようだ。

「おはよーディーダ、今日からだねー」

「緊張してる？　してるでしょぉ？」

「煩いオバさんども、頭撫でるな！　来てやったぞ！　アリスせんせい！」

頭を撫でていたリズリーさんの手をはね除け、こちらをキッと鋭い眼光で見上げてくる。

睨み上げているように見えるけど、単に目つきがあまりよくないだけだ。それが分かるくらいには、もう彼とは何度か話をしている。

「心構えはできていますか？」

「当たり前だ！　これから俺は、すご腕金属技師になる！　うまく技術を盗んでやるんだからな！」

言い方は少し物騒だけど、心意気自体は概ね正しい。

実際にダンさんも、『見て覚えろ』『技術を盗め』と言っていた。その話は彼にもしているので、むしろ「よく覚えていて偉い」と言って然るべきだろう。

「意気込みは十分なようですが、意気込む事と相手に敬意を払わない事は違います。工房は職人にとって、聖域です。工房に行ったらまず、きちんと挨拶をする事。教えてもらう立場だと自覚する事。忘れないようにしてくださいね」

「わ、分かってる」

「それが守れれば、あとはやる気があるかどうかです。その点はまったく心配していませんが」

「それは任せとけ！」

彼の言葉に安心して、やる気と自信が微笑ましくて、思わず笑みが零れてしまう。

「何だよ、笑うな！」

「悪い意味で笑っている訳ではありませんよ。——さて、今日から三ヶ月の試用期間が始まります。この三ヶ月の働きでその後も師として仰がせてもらえるかが決まりますが、自分にできる事をやれば大丈夫です。ダンさんは、貴方の頑張りをちゃんと見てくれる方です。安心して、あまり肩肘を張りすぎずに頑張ってください」

見送りの面々や私と話をしたお陰で幾分かは緊張が解れてきたように見えるけど、それでもまだ肩に力が入っている事は否めない。

三ヶ月は長い。試用期間を乗り越えれば、何十年単位でお世話になる相手でもある。頑張ろうと張り切りすぎて、息切れをしてしまっては勿体ない。

そう思ったが故の私の助言に、彼は素直に「分かった」と頷いた。私も彼に頷き返し、伝え忘れていた事を思い出す。

「あぁ、それともう一つ」

「まだあるのかよ！」

ディーダさんに怒られてしまったが、これはとても大切な事だ。これだけは言っておかなければならない。

「どんな雑用・どんな休憩の中にも、きちんと『楽しい』を見つけて過ごしてください」

「楽しい？」

何言ってんだ、この女。そんな言葉が今にも聞こえてきそうな顔に、私は苦笑しながら続ける。

「雑用も休憩も、ただ漫然とやっていては、つまらなくなります。どうせやるのなら、つまらなくない方がいいでしょう？」

「まぁそれは、うん」

「ですから、たとえば掃除を任された時は『角まで綺麗に掃除する』という目標を立てる。水汲み(みずく)を任されたら『持っていく水を途中で零さないようにする』ために頑張る。一つ目標が達成できたら、別の目標を立ててみる」

「そんなんで楽しくなったりするのか？」

「騙されたと思って、試しにやってみてください。きっと段々楽しくなってきますから」

目標があれば、達成のために頑張れる。失敗したら、何が悪かったかを考えて次に工夫する。前世で言うところのＰＤＣＡサイクルを回す事ができれば、人はできなかった事も急速にできるようになっていく。

おそらくこれからできない事ばかりが目の前に立ちはだかるだろう彼には、できるようになる楽しさを知ってほしい。壁にぶち当たった時にどうすれば壁を越えられるか、高い壁を前に絶望するのではなく、打開する方法を考える癖を付けてほしい。

雑用をする時点でその練習をする事は、きっとこれから長くなるだろう彼の職人人生に、実りを齎してくれるだろう。

彼は、まだいまいちピンと来ていないようではあるものの、それでも「分かった」と頷いてくれた。

そして、これも忘れてはならない。

「ディーダさん。実際に金属技師としての道を歩み始めれば、嬉しい事も大変な事も、色々な事があると思います。そういう時、幸いにもメティア塾の扉はいつでも開いていています」

彼は、元々ご家族に「金属技師なんて無理だ」と言われていた。今回私が間に入って彼の弟子入り先を紹介するに当たりご家族とお話をしたものの、仕事を始める了承こそくれたものの、ご両親は「私が領主でもあるのでとりあえず任せてみる」という肌感だった。

息子が常識外の事をしようとしている。その事への不安があるのは、当たり前だ。現状維持をしたいと思っている方に、発展を促す事ほど難しい事はない。

他人の意識は、そう簡単には変えられない。

変えるのにも時間がかかって然るべきだ。それに関しては今後も私の方で働きかけていくとして、少なくとも現状では「他の仕事の事はよく分からない」と、諦めて投げやりな感じの言い方をしていたあのご両親を相手に、仕事の弱音を吐くのは……ディーダさんもおそらくし難いだろう。

だから、ここを拠り所に使ってほしい。たまにでもいい、ここに来て、肩肘を張らずに笑ったり怒ったり泣いたりすればいい。そんな逃げ場所も必要だ。

そんな私の内心を、察する事ができたのかどうか。彼は頬を掻きながら「ま、まぁ？　お前が来てほしいって言うんなら、たまに来てやってもいいかもしれないけどなっ」と言ってくれた。

「では気を付けていってらっしゃい」

「ディーダ、お腹が減ったら食べてください。お嬢様からの差し入れです」

フーが、昨日のうちに二人で作っておいたマフィンを、紙で包んで彼に渡した。

甘いお菓子が好きなようだったのでお腹が膨れてお菓子でもあるマフィンにしてみたのだけど、「やったぜ」と言いながら受け取ったあたり、どうやら喜んでもらえたらしい。

歩き出した小さな背中を、塾生共々見送った。

彼の背中にロナさんが、また大声で「迷子にならないようにねぇー！」なんて言ったものだから

「ガキじゃねぇんだぞ！」と少し怒っていたけど、私たちからすれば彼はまだ子どもなのだから、これに関しては若干仕方がない部分もある。

最後の彼女の一押しで完全に肩の力が抜けたようなので、ファインプレーという事にしておこう。

「初日ですし、一緒に行ってあげなくてもよかったのですか？」

小さな背中が角を曲がって完全に見えなくなってから、シーラさんに気遣わしげにそう尋ねられた。

彼女の娘のエレナさんは、彼と同年代だ。おそらく自分の娘と重ねて、彼を心配しているのだろう。しかし。

「彼は自らの意思で塾を訪れ、夢を叶えたいと言いました。ついていくのは簡単ですが、元々彼は自分の足で一歩を踏み出せる、とても行動力のある子です。信じる事もまた、彼を応援する事ですよ」

微笑を浮かべながら、やんわりと首を横に振る。

彼女は「信じる事もまた……難しいですね。つい親心で手を伸ばしてあげたくなってしまいます」と、小さな苦笑を零していた。

「親も子どもに教えられて、日々精進しなければならないんですね」

「そうですね。もし子どもが転んで自分で立てなくなった時に、手を伸ばす。親にはそういう我慢強さも、必要なのかもしれません」

転ばないように道を作ってあげる事だけが、成長を促す事ではない。過保護が子どもを必ずしも幸せにする訳ではないのは、前世で一種の過保護気味に育てられた私が、誰よりもよく知っているつもりだ。

私の言葉に、彼女は「それは、そうかもしれませんね」と言って頷いた。

そこに、リズリーさんが思い出したように「そういえば」と口を開く。

「そういえば、結局ディーダを引き取ってくれたところってどこだったのー？」

「言っていませんでしたっけ」

「聞いてないー」

そうだったっけ。てっきり言ったつもりでいたのだけど、他の方たちもこちらに視線を向けてくる辺り、おそらく誰にも言っていなかったのだろう。

別に秘密でも何でもない。私はハッキリと場所を答える。

「ディーダさんが教えを請いに行ったのは、トレア工房ですよ。ほら、ロナさんのところでも鍋を仕入れていた、あの」

瞬間、皆がシンと静まり返った。

そのまま、数秒。

「えっ」

「えええええええええええっ!?」

「ちょっと待って、トレア工房のダンって」

「『窯の鬼』じゃない！」

「窯の鬼？」

何やら厳めしい単語が出てきた。

窯は……たしかに彼は仕事中、窯の前に座りっぱなしだからまだ分かるとして、何故『鬼』なのか。疑問に首を傾げると、皆が一斉に、まるでなだれ込むようにして詰め寄ってくる。

「あの人、『クレーゼン一怖い、鬼のような人』っていうので有名でしょー!?」

「え、そうなんですか？」

「そうよぉ！」

怖い、だろうか。まぁたしかに彼の息子さんは修業に耐えられずに家出してしまったけど、別に普通に話している分には、ただただ寡黙というだけだ。流石に鬼と呼ばれるほどは、怖くないのでは？

「知らないのー？　あの人が窯に夜な夜な火をくべてるのは、悪い子を捕まえて食べた後に、証拠隠滅で燃やしてるっていう噂があるのよー？」

「それは流石に冗談でしょう？」

「卸し先のお店で自分の作った物を丁寧に扱わなかったとかで、烈火の如く怒ったっていう話もあるわよぉ」

「それは、ただ純粋に店側の対応がマズかった可能性もあるのでは？」

彼女たちが語るどうにも本当か疑わしい話に、私は思わず苦笑してしまう。

他にも皆まだあれやこれやと言っていたけど、シーラさんが感心したように言った次の声が、結局のところ皆の総意だったのだろう。

「どちらにしても、よくあの人を説得できましたね」

皆が一斉に頷いた。

そんなに褒められた事なのだろうか。いまいちよく分からないけど。

「おそらく皆さんが思っているよりもずっと、ダンさんは優しい方ですよ？　今回も、私はご協力をお願いした立場ですし。それに金属技師としての腕はたしかです」

「それは知ってるー」

「知ってるわよぉ」

腕云々（うんぬん）の話だけには、皆即答だった。どれだけ噂で色々と言われていようとも、どうやら彼の職人としての腕はまったく疑われていないようだ。

「しっかし『窯の鬼』のところになんて、ディーダも大変なところに行ったわねぇ」

「たしかにあそこで教えてもらえば、かなり腕の立つ職人になれそうではあるけどー」

「ディーダ、今日どんな顔をして帰ってくるか……」

シーラさんが不安が隠しきれない声でそう言うと、ロナさんとリズリーさんが互いに顔を見合わせて、どちらともなくニヤリと笑った。

その二人を見てすぐに何を考えているか分かるあたり、私たちも随分と親交を深められたものである。

「お二人とも、大人げない事はしないでくださいね？」

「はーい」

「分かってるわよぉ」

本当だろうか。もしディーダが帰りにここを通ったら、この二人にはよく目を光らせておいた方がよさそうだ。

とまぁ、とりあえず。

「そろそろ一度解散して――」

また午後からの塾でお会いしましょう。そう言葉を締めくくるつもりで、皆の顔を見回しながら呼びかけた。

しかしそう言い終わる前に、珍しい方――文官服を着た女性の姿が視界の端に見えた。

この辺りでは、主にルステンさんが定期報告に来るだけで、他の文官の姿を見る事は少ない。彼の代わりかとも考えたけど、定期報告ももう少し先だし、来るなら昼食の後だろう。

珍しいなと思って見ていると、彼女も私に気がついたようだった。こちらに深いお辞儀をしてから、小走りで近付いてくる。

「おはようございます、領主様。私、テレサと申します。領主館で新事業であるチーズ作り関連業務の補佐をさせていただいております」

「テレサさん……というと、先日派遣に選ばれた方ですね」

丁寧な挨拶をしてくれた三つ編みに丸眼鏡(めがね)を掛けた素朴な風貌のこの女性は、たしかルステンさんが以前からよく名を上げていた、『最近特によく頑張っている部下』の一人でもあった筈である。

彼女は嬉しく思ってくれたのか、「まさか領主様が、私の名前を覚えてくださっているとは」と驚きつつも、少し照れたように笑った。

「そろそろ派遣から戻る頃合いだとは思っていましたが、帰ってきたのですね」

「あ、はい。つい先程」

「先程？」

もしかして、戻ってきたばかりで私に会いに来たという事だろうか。だとしたら。

「派遣先で何かあったのですか？」

いつもは来ない時間に、来ない方が来た。しかもそれが遠出から帰ってきてすぐともなれば、「緊急性が高い案件があったから」という理由が、一番しっくりと来る。

どうやらそんな私の予想は、大当たりだったようである。

「それが実は、アリステリア様には至急、一緒に領主館までお越しいただきたいのです。その、ルステンさんが『情報共有と作戦会議をする時間を割いていただきたい』と」

「何でしょうか、気になりますね」

後ろから声がして振り返ると、僅かに眉をひそめたフーが思案顔になっている。

彼女の言いたい事はよく分かる。緊急性が高く、尚且つ作戦会議が必要……。どうにも不穏な気配しかしない。

「それがその、派遣先で耳にした噂に関する内容でして」

「噂？」

「はい。それがその」

言い難そうにしながらも、彼女は意を決して口を開いてくれた。

「『アリステリア・フォン・ヴァンフォート公爵令嬢の特区計画は、悉く失敗し続けている』。そんな噂が流れているみたいで……」

「え？　むしろ順調なくらいですが」

思わずフーと顔を見合わせた。

一体何が起きているのかは分からないけど、たしかに会議が必要そうだ。

「そうなのです、派遣先で、どうやらそんな噂が囁かれているとの事で」

フーとダニエルと一緒に急ぎ領主館に出向くと、待ち構えていたルステンさんと早速情報のすり合わせをする事になった。

こんな時間の呼び出しになったのは、派遣の方たちが帰ってきたのがつい先程で、テレサさんが開口一番に、この話を報告したかららしい。

「朝からお呼びするのはあまりよくないとは思ったのですが、これは一刻も早く情報共有をした方がいい案件だろう、という事で」

「ありがとうございます。助かります。それで、噂の出所は？」

「それが、どうやら王都からのものらしく……」

ルステンさんが言い淀んだ理由は、容易に察せられる。

「既に王都では『囁かれている』程度では済んでいない、という事ですね？」

「そう思います」

テレサさんが向かった土地は、クレーゼンとそれほど変わらない田舎(いなか)にある。王都の噂が耳に入るまでには、一定のタイムラグがあるだろう。

つまり、既に噂が出回り始めてから結構な時間が経過している。それも、臣下が陛下に打診して特区の存在を承認頂く事なんて、そう滅多(めった)にあるものではない。周りの関心も高いだろう。と、なれば。

「今頃王城には、『この噂を知らない者はいない』というような状態になっていてもおかしくありませんね……」

思わずハァとため息が出る。

「何故そんな事実無根の噂が、王都で流れてしまっているのか」

ルステンさんが、難しい顔をしながら言った。

実際に、クレーゼンの教育特区化活動は現在、計画通り……いや、想定以上の結果を残している。

その事もしっかり王城に報告している。私たちに落ち度はない筈だ。

「一応聞きますが、クレーゼン内では初耳ですよね？」

「はい。寝耳に水で非常に困惑しています」

困惑と言いながら少々憤っているように見えるのは、嘘の噂によって失敗しているというマイナスイメージをクレーゼンが負ってしまったからだろうか。悔しそうに「アリステリア様は、きちんと成果を出されているのに」と強く歯噛みしている。

と、そこにフーが軽く手を上げる。

「お嬢様」

「何？」

尋ね返すと、彼女はいつもの分かりにくい表情を歪めて「分かっているでしょう」という内心を覗かせた。

「何故そんな噂が流れたのか、誰がそんな噂を流したのか。どちらも心当たりなど、一つしかないではないですか」

「断定はできないわ」

「しかし他に思い浮かばない以上、可能性を一つずつ潰していくという作業は有用です」

たしかに彼女の言う通りではある。

私としては、できればそうであってほしくはない。しかし、もしこの予想が当たっていたとしたら、クレーゼンがまた巻き込まれるのは必至だ。

「もしかして今回のも、前回と同様の……」

ルステンさんからの控えめな問いに、やんわりと困ったような笑みを返す。

相手は、私からは手を出さない事にしている方。しかしもしこちらに害を為すなら、私もクレーゼンの領主として彼と対立しなければならない。

現状は既に出遅れている。手を打つのなら、一刻も早く動き出すべきだ。

「フー、ペンと便せんの用意を」

「はい、すぐに」

「ダニエル、馬車を用意してくれる？」

「いつでも出発できるようにしときます」

二人とも、迅速に動き出してくれた。

その動きに感謝しつつ、もう一つ指示をする。

「ルステンさん。また、私の留守をお願いしても？」

「アリステリア様が、またすぐに帰ってきてくださるのなら」

おそらくこの即答の中には、彼の茶目っ気と、前回の件を踏まえた本気が混ざっている。

しかし、大丈夫。彼の懸念は杞憂だ。

「もちろん必ず戻ってきます。私はもう、ここが私の帰る場所だという事を知っていますから」

ここには私を必要としてくれる方たちがいる。そして私も、ここでの暮らしを必要としている。

だからもう、王都での暮らしには戻れない。戻る気はない。自分で望みそう決めたのだから、面倒事を片付けて、必ずすぐに帰ってくる。

閑話　サラディーナの手招き

――一度目は難を逃れたからって、またできるとは限らないじゃないですか。

私のそんな甘言に殿下が簡単に乗ったのは、彼がきっと依存先を探していたからだろう。

「サラディーナ。どうやら私の威光も、まだ錆びてはいなかったようだ」

ティーテーブルの向かいに座った殿下から、嬉しそうな声でそう報告を受けて、私はふと記憶を探ってみる。

遊び相手を探すために城内にコッソリと忍ばせている耳の一人から「どうやら殿下は、城内に『アリステリア・フォン・ヴァンフォート嬢が特区計画に失敗している』と信じさせたいようです」という報告を受けたのは、一体いつ頃だっただろうかと。

近いうちに殿下が動くように言葉巧みに焚きつけたのは私なのだから、彼がそういう行動に出たのは当たり前。そして彼の企みがうまくいくように手を回したのは私自身なのだから、もちろん驚く筈もない。

殿下が王城に届いていた特区関連の報告書を探し出し、密かにせっせと燃やして隠滅している事も、周辺に『最近報告書が届いていないのではないか』『何か不都合があって、送ってこないのではないか』と吹き込んでいる事も、私はすべて把握済み。

彼が今自分の企てが自分の力のお陰でうまくいっていると思い込んでいるのも、もちろん私の手のひらの上だ。

「もしかしたら私の話など信じないかもしれないと思っていたのだが……少々考えすぎていたようだ。やはり私が積み上げた『王太子としてのこれまで』は、そう簡単に城内の噂話（うわさばなし）に塗りつぶされたりはしなかったらしい」

滑るように口から出てくる彼の自慢話からは、アリステリアさんへの劣等感からすり減っていた彼の自尊心がすくすくと育っているのが窺（うかが）えた。

少し前の――アリステリアさんに投げ飛ばされたという噂が城内に流れた時の事は、まるで忘れてしまったかのようだ。

でも、殿下に立っていた悪い噂が、彼の影響力を陰らせない？　そんな筈ないじゃない。

そもそも信用や信頼なんて、噂話一つで不信感に変えられる。

その証拠に、アリステリアさんとの婚約破棄以降目減りはしていたとはいえ、王太子という立場に残っていた周りの信頼に大打撃を与えたのは、私が流した『殿下がアリステリアさんに投げ飛ばされた』という噂だ。

特に社交界なんて、簡単に噂に流される場所。あんなに色々あったのに、影響がない方がおかしい。

　そんなの少し考えれば、誰だって簡単に分かる事だ。だけど。

「流石（さすが）はエスト様ですね」

　甘い微笑（ほほえ）みと共に称賛を投げかければ、彼の優越感が目に見えて満たされた。

　彼は得意げな表情でテーブルに両肘をつき、手に顎を乗せて窓の外に目をやった。

　聞こえてくる鼻歌が、小さな器に並々と注がれた彼の自尊心が今にも溢（あふ）れ出しそうな事を教えてくれている。

　彼は知らない。彼が自らの目論見（もくろみ）を「うまくいっている」と思い込んでいられるのは、私が他の駒を使って裏で場を整えたからだという事を。

　報告書を燃やすだけで証拠隠滅ができると思い込んでいた彼に代わって、城内にある『郵便受け取り記録』から該当行を削除するように手を回したり、記録者を口止めしたり、信用を失っている殿下に代わって別口から「アリステリアさんの特区に関する噂」を流したり、アリステリアさんの特区化に反対する勢力を少し作ってみたり。

　反対勢力を作るのなんて、簡単だ。他人の成功や幸せに嫉妬したり、現状以上の立場を欲しがってる人を探して、ほんの少し囁（ささや）けばいいだけ。


　他人を操るのは簡単だ。

相手が欲しいだろう言葉を囁く。悩みを聞いて、共感する。そして少しだけ、我が儘を聞いてもらう。そういう段階を踏んでいくだけで、人は簡単に掌握できる。

高くて綺麗な装飾品を彼におねだりするのも、このお茶会の席をわざわざ設けさせるのも、すべては相手の心を誘導する手段だ。

彼はきっと、夢にも思っていないだろう。私が別に、綺麗な宝石や高くて美味しいケーキが、実は好きではないなんて。

もちろんそれらが嫌いな訳ではない。その証拠に、出されたケーキをパクリと食べれば、たしかに『美味しい』とは感じた。

でも、だから何なのか。

珍しくて高級で新鮮な材料で作られているとか、芸術品のような飴細工だとか。そんなもののよさに、実際のところあまり興味はない。

マズいケーキは食べたくないけど、普通に美味しければ何だっていい。本心ではそう思っている。にも拘らず嬉しそうに食べる姿を彼に見せるのは、それが他人を操るのに、一番手っ取り早い方法だからだ。

そんな事一つで、彼は簡単に騙されてくれる。表情に一層の優越感を滲ませる。心が満たされる。そんな彼を見るのが、愉快でならない。

能力がないくせに自分に高望みして、自分が他人より秀でていると信じていたい人は、手駒にしやすい。殿下なんてその筆頭だ。

そんな人がかつて抱いていた夢を、私に施しを与える事で得られる喜びで塗りつぶす。忘れさせる。

今や彼は「もっとサラディーナを喜ばせたい」と思い、私の言葉に耳を傾け、動く。私の一言で私の思い通りに動く、手駒だ。

定期的に保守する必要はあるけど、それくらいの手間は仕方がない。

実はそう好きでもないお茶会を開かせ、殿下に紅茶とケーキと時間を貢がせる。そんな多少の忍耐を支払って、遊ぶための手駒の状態を維持する。

手駒の数が増えると少し大変だけど、どうせ退屈しているのだし、遊ぶための準備だと思えばそう苦ではない。――そのお陰で今、こうしてアリステリアさんと遊ぶ事ができているんだし。

さぁ、彼女はいつ気がつくだろうか。私が作り上げた盤上に、いつ上がってくるだろうか。そう考えるだけで、今から心が躍る。

心の中で「アリステリアさんが早く気付けばいいのに」と思う半面、「もう少しこの時間が続いてくれてもいい」と思う私は、もしかしたら生まれて初めて『待つ楽しみ』を知ったのかもしれない。そう気がついて、思わず微笑する。

アリステリアさんのお陰で、ほんの少しだけ世界に色が増えたような気がした。

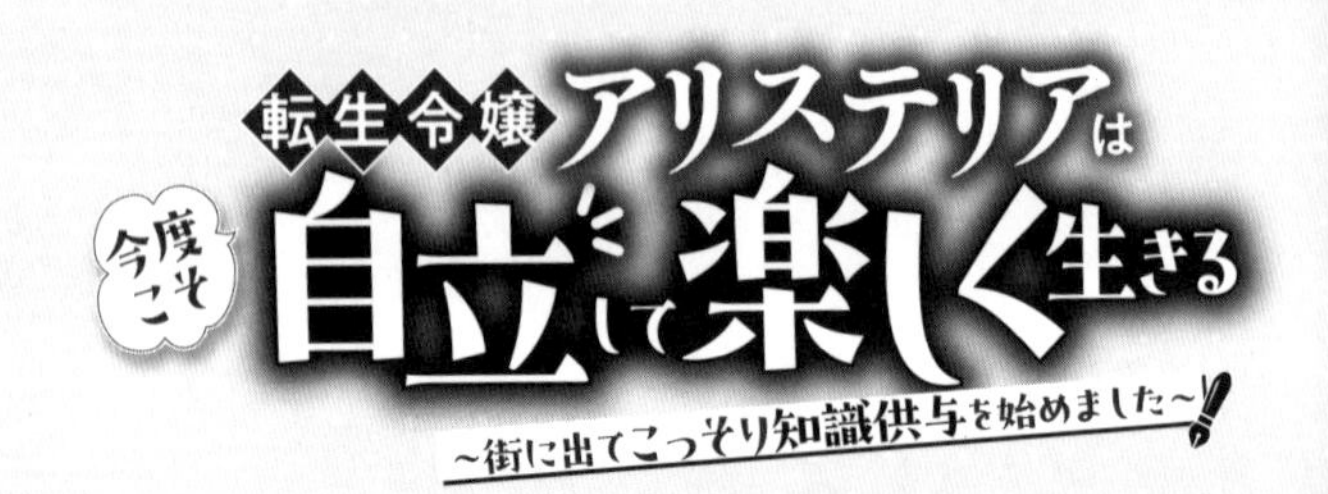
転生令嬢アリステリアは
今度こそ
自立して楽しく生きる
～街に出てこっそり知識供与を始めました～

第六章　クレーゼン領主・アリステリアの反抗

胸を張り颯爽と廊下を歩く事がこんなにも気持ちのいい事だというのを、私は初めて知った。

王城内の居心地がよくなったのは、私が王太子としての影響力を十二分に使ったからに他ならない。

動いてよかった。そう思った事が今までの人生でなかった訳ではないが、これほどまで劇的にそれを実感できたのは、今回が初めてかもしれない。


――アリステリアの教育特区は、悉く失敗し続けている。

そんな噂と共に、今王城にはアリステリアへの落胆が満ちている。


私がやったのは、報告書が届く都度綺麗に燃やす事だけ。教育特区関連の報告書が途絶えた理由に憶測を付けて吹聴したのは、最初の一度だけである。

ただそれだけで、アリステリアは今や『王族を巻き込んだ騒動を経て手に入れた教育特区計画に、失敗した令嬢』なのだからあっけない。

中には「郵便上の事故」や「じきに素晴らしい成果を出したという報告書が届く筈」という話も囁かれたようだが、そんな噂は面白くない。

面白くない噂は、語られなくなり、すぐに淘汰される。サラディーナがそう言っていたが、それは本当だった。

アリステリアは、もう恥ずかしくて社交界には戻ってこられないだろう。そう思っているのは、私だけではない。周りも同じだ。むしろ「本人が社交界に出たくても、公爵が幽閉するのではないか」という話さえ聞こえてくる。

あれだけ周りに褒めそやされていた完璧な彼女が、脅威に思っていた筈の相手が。そう思うと少し拍子抜けだが、そんな彼女の悪評だからこそ周りは面白がったのだろうと思えば、納得できる結果でもある。

どちらにしろ、私はアリステリアに勝ったのだ。

今頃彼女はクレーゼンという名の田舎で、悪評が立っている事も知らずにのうのうと過ごしているのだろう。いや、そろそろ噂が届いている頃か。

どちらにせよ、今更噂を聞いたところで、王都に来ようにも一ヶ月はかかる。何もできやしない。手詰まりだ。急いで来ても、もう遅い。

王都に着いた頃には、既に父がクレーゼンの教育特区化の廃止を決めているだろう。

国の最終決定権は父である国王陛下にあるが、何もかもが父の一存で決まる訳ではない。

国王が「臣下の進言や意見をすべてねじ伏せ無視する事などできない、意外と窮屈な立場」なのだという事は、次期国王である私自身が誰よりもよく分かっているつもりだ。

実際に今の父がそうだ。どうやら父はこの期に及んでも尚アリステリアの才覚を信じたいようだが、私が流した噂に感化されてアリステリアの特区運営への反対勢力が生まれている。

その中には、ヴァンフォート公爵家に匹敵する有力貴族の姿もある。彼らの圧力が貴族の世論を呑み込むのも、おそらくは時間の問題だろう。

何を隠そう、サラディーナの助言に従ってそういう勢力を作るように手紙で働きかけたのは、私だ。

連中は素直に従ってくれた。そのお陰なのか、周りの私に対する風当たりが、かなり弱くなっている。

それどころか、溜まりに溜まった書類仕事も、部下に印を代行で押させるようにしてからは見事に消化され、今や執務机には、一枚の決裁待ちの書類もない。

アリステリアがいた頃と同じ、いや、いた頃よりもむしろ綺麗な執務机の話は、意図せず城内の噂にもなった。

部下が代わりに印を押している事は依然として伏せられているので、私の有能さの証となる執務机の片付き具合だけが、ものすごい速度で城内を駆け巡った。その結果、私の人徳も手伝って、楽して高評価を得る事に見事に成功している。

——最近の殿下は、執務上で非常に頼もしくなった。廊下を歩いていると、そんな評判も時折聞こえてくる。

最近は表だって、私を敬う動きを見せる者も増えた。

そういう露骨な者たちを見ると「少し前まではアリステリアの事を称賛していたくせに、あっという間に手のひらを返すとは」と思わないでもないが、今はそんな事よりも、『アリステリアの婚約破棄以降、久しぶりの王太子然とした自身の再来』の方が重要だ。

執務に追われていた時間がなくなったお陰で、最近はよくサラディーナが好きな物ばかりを並べ、共にティータイムを過ごせてもいる。

私は今、王太子然とした自分——本来の自分を取り戻せている。

いや、サラディーナの機嫌もとてもいいし、彼女の笑顔に癒やされて、私は心身共に健やかだ。

理想の自分になれている。周りのすべてが追い風だ。今の私は無敵である。

やはり以前サラディーナが言っていた通り、アリステリアは私が優秀な王太子でいるためには邪魔な存在だったのだ。

今なら何の陰りも後悔もなく、そう信じる事ができる。

いい事づくめの順風満帆。今の私を形容するのに、これほどまでにしっくりと来る言葉はない。

今日は天気もいいし、少し庭園にでも出ようか……ふとそう思い立ち、そちらに足を向ける。

しかし私が庭園に行きつく事はなかった。


「殿下……！」

「何だ、息を切らせて」

私を呼び止めたのは、見覚えのある男だった。

父王付きの文官だ。私より年上だが、国王付きに任命されるにはまだ若い。

元々の性質なのか、それとも威厳を持たせるためなのか、いつも涼しい顔をしている印象が強いこの男が額に汗を掻きながら髪を若干乱している姿は、珍しい。

しかし私の関心は彼の様子から、彼が持ってきた伝言へとすぐに移った。

「国王陛下がお呼びです。クレーゼン特区の件で、殿下にお話がしたいと」

思わず口の端が弧を描くのを、隠せない。

ついに来たか。そう思った。

予定より随分と早いが、教育特区化の廃止が決まるのに、遅くて困る事はあっても、早くて困るような事はない。

「分かった。案内してくれ」

佇まいを正し、王子然とした態度で応じた。

文官の後について父王の待っている部屋に辿り着くまでの間、思わずニヤつきや鼻歌が出てしまわないよう堪えるのに、骨が折れた。

自分の力で始めた物事の完遂に、初めて体験するような高揚感を覚えた。


が、楽しかったのはそこまでだった。


案内された部屋の扉をノックして、父王の了承を得て、ドアノブに手をかける。

扉を開ければ、キィッという小さな音が鳴った。扉が開けば、視界も開く。その先にあるものは勝利と幸福だと、この時の私は信じて疑わなかった。

だから、目の前に広がった光景に、思わず口から言葉が漏れた。

「アリステリア、何故に」

応接用の貴賓室。そのローテーブルを囲んでソファーに腰掛けている者の中に、ここにいる筈のない……いや、いてはならない人間がいた。

穏やかな海のように、凪いだ青い瞳。微笑を湛えている彼女を前にして、高揚感は消え去った。

入室してきた殿下の目は、国王陛下にも、宰相閣下にも、財務大臣閣下にも向いていない。まっすぐ私に向いていた。

殿下の目の奥に、隠しきれない恐怖の色がある。

そんな顔をされても仕方がないという自覚はあった私は、少しだけ眉尻を下げる。

――さぞ恐ろしい事だろう。そんなふうに彼の内心を慮れば、フーに「お嬢様は優しすぎます」と以前に怒られていても尚、同情にも似た申し訳なさがこみ上げる。

だって私には、日々を王城で過ごす殿下を脅かすつもりはないのだ。

彼は私のように、自らの生まれついての立場と責任から逃げる事などできやしない。王城から退いた私とは違い、今も尚その場所で戦っている殿下の邪魔なんて、昔も今も一度だって、しようと思った事などないのだから。

だから今回こんな事になってしまって、ただただ残念な気持ちだった。

私が今日ここにいるのは、私の領地と領民の未来を守るため。それを成すために昨日まで、独自かつ密かに王城で調査をしていたのだけど、その結果、どうあっても彼の行いと対立する必要があると分かってしまったのだから。

「エストエッジ、座りなさい」

国王陛下が最後の待ち人に着席を促し、放心状態のように見える殿下が最後の席を埋めた。国王陛下を上座にして、私は右に殿下はその向かい側に座った形だ。

私が既に陛下に挨拶を済ませ、概要の報告まで終えていたからか。改めての挨拶や前置きは、不要だと思ったのかもしれない。

「今回集まってもらったのは、以前アリステリアに許可を出したクレーゼンの教育特区化に関する話を聞くためだ」

未だに若干放心気味で呼ばれた意図もよく分かってない様子の息子を置きざりにして、国王陛下は早速話を切り出した。私をまっすぐに見て「アリステリア」と名を呼び、話の水をこちらに向けてくる。

「特区に関するそなたの報告書は、実に細かく明瞭だった。きちんと一定の成果を上げているのも好ましい」

「ありがとうございます」

「が、そう評価できるのも、三ヶ月前まで。以降報告書が滞っている。これについて、説明があるとの事だが」

そう言うと、疑問と気遣わしげな気持ちが混ざったような目で彼が続きを促してきた。

前もって国王陛下に秘密裏の謁見を願い出た私は、彼に「教育特区の進捗報告と、『報告書の提出が滞る』という事故について、殿下同席の下で話がしたい」と願い出ていた。

国王陛下は私の我儘と言っていいような要望に、優しく頷いてくれた。その上私の「秘密裏にお話をする事で、なるべく殿下の今後の城内での立場に響かないようにしたい」という意図に気付いて「心遣いに感謝する」と口にして、「優秀なアリステリアの事だ、もちろん私は信じているが、城内にはそなたに批判的な噂がある。疑いを払しょくするために、他の者も同席させてほしい」とも言ってくださった。

　必ずしも殿下の同席を認める必要などないところを、私の我が儘を聞いてくださった上に、宰相閣下と、クレーゼン教育特区化の反対派の筆頭でもある財務大臣閣下のお二人への、直接の弁明の場を設けてくださった。その信頼と心遣いに感謝しつつ、私は陛下から頂いた会話のバトンを「はい」と頷いてから受け取る。

「この度は、陛下から賜った土地の年間報告書ができましたので、初年度という事もあり、直接手渡しさせていただきたく、王城に馳せ参じたのです。すると城内で『特区化の失敗を心配する声』を多く頂き……。驚きました。私はきちんと毎月休まずに、特区化に関する報告書を送っています。それが届いていないとは、思いもよりませんでしたので」

　真実に方便を混ぜてそう言いながら、報告書をテーブルの上に出す。

　私が今回ここに来たのは、届いていない報告書を再提出するためと、今後このような事が起きないように対策をするため。そこに付随して、どうせなら報告書の内容を口頭でも報告しよう。それが私の思惑だった。

　しかし私が早速口を開こうとしたところで、横から制止の声が割って入る。

「毎月報告書は提出していたとは言っても、実際にはこの三ヶ月間滞っていた。口で言うだけなら何とでも言える。周りから特区化反対の話が出ているという話を聞き、慌ててサボっていた報告書を作った、もしくはうまくいっていないにも拘らず、順調だという嘘の報告を書いてきたという可能性だってある」

言ったのは、財務大臣閣下だ。彼の渋い表情からは、今にも「信用できん」という声が聞こえてきそうである。

元々彼は、特区化反対派の人間だ。この場をセッティングしたのが国王陛下だという事もあり、敢えて心の内の疑惑を口にする事で、こちらを牽制したいのだろう。

おそらく彼は、証明しようもない事――所謂『悪魔の証明』を私に仕掛けたつもりなのだと思う。

そんな彼に、私は「たしかに」と頷いた。

「『嘘の報告を書いた可能性』に関しては、今ここでそうではない事を証明するのは不可能でしょう」

「そうだろうな」

「なので、王城から視察要員をお送りください。クレーゼンはそれを歓迎します」

にこやかにそう勧めれば、彼は驚いたようだった。

しかし、こちらとしては痛くもない腹を探られたところで、まったく問題などはない。むしろ実際に成果を見せた方が納得もしやすいだろう。

分かってくれるなら、視察の受け入れも吝かではない。むしろ特区に興味を示してくれて嬉しいまである。

「く、来ると分かっている視察なら、準備をする事も可能だろう」

「もし工作や隠蔽をお疑いなのであれば、この後私がクレーゼンに帰る際に使う馬車に同乗していただいても構いませんよ？」

「何？」

「そうでなくても他者への教育など付け焼刃ではすぐにボロが出るでしょう。特区化の実働は、主に私です。私が離れている間にクレーゼンの教育が劇的に進むと考えるのも、難しい話ではないでしょうか」

実際には、彼女たちにはしっかりと期間中の宿題を出してきている。皆にも「私が不在中でもあの家は使っていい」と言ってあるし、鍵はロナさんに預けてある。

私が不在の間にもし悩み事ができたら、ためしに私がいた時のように皆で話し合って考えてみるのも、いい勉強になるだろう……とも伝えていた。

だからまったく何も進まないという訳ではないのだけど、実働は私で間違いない。別に嘘も言っていない。

私の言葉に、彼は不服そうな顔になった。

おそらくうまく私の出鼻をくじけなかったせいだろう。結局は国王陛下から「そうだな。視察を送るのもいいかもしれん。検討しておこう」という言葉が出てきてしまったので、偽の報告を書いてきたという可能性は、これ以上追及できないようだ。

その代わりと言わんばかりに、やっとひどい動揺から解放された殿下も話に入ってくる。

「もし実際の成果が出ていたとしても、王城に報告書の提出を怠った事は不誠実だと言わざるを得ないだろう。慌てて報告書を作ってきたところで、実際に報告書が王城に届いていない事実は変わらない」

気を取り直したような彼の声は、どこか自信がありそうにも聞こえた。

……いや、実際に自信があるのだろう。彼は確信しているのだ。王城内のどこを探しても、私が出した報告書など出てきはしない、と。

私はこれに関して、犯人捜しはしなかった。

そもそも犯人を捜す理由がない。それどころか、実際にこうして報告書を陛下に直接手渡す事ができる今、報告書そのものを見つけ出す必要性がない。

私がここで立証しなければならないのは、『たしかに報告書は王城に届いていた』という事実だ。

それ以上でも、以下でもない。

「私が実際に報告書を提出した自覚がある以上、まず始めに考えたのは城内のどこか……たとえば別部署などに、間違えて持っていかれてしまっている可能性です。なので私はまず、国王陛下の許可を得て、城内にある『国王陛下宛ての郵便物の受領履歴』を確認しました」

私のその一言に、殿下は疑問顔を浮かべた。

おそらく『国王陛下宛ての郵便物の受領履歴』の存在を知らなかったのだろう。その証拠に「受領履歴というのは、城外から届けられた郵便物を適切な部署に振り分ける際に付ける持ち込み記録です」と説明すると、顔色がサァーッと青くなった。

私はそれを横目で確認してから、小さくため息をついて続ける。

「しかしそこには、先程国王陛下の仰った通り、三ヶ月前からの報告書の受領記録がありませんでした」

そう。実際に調べてみたものの、本当に未割当の現物もなければ、記録にも報告書の存在を確認できなかった。

事実を伝えると、彼はホッと胸をなでおろす。

しかしこれで終わりではない。彼のその反応の理由を頭の端で考えながら、私は「王城の記録にないのなら、やはりアリステリアが報告書を出していなかったのだと判断せざるを得ないな」などと言っている彼に「そうでもありません」と言葉を返した。

「この冊子は、門番が付ける城内通過荷物の記録です。稀に、行商人の積荷に紛れて不審物が城内に持ち込まれる事があります。それを瀬戸際で防止するために、外から中に持ち込む荷物はすべて、城門で検閲を受ける必要があるのです」

「そんなものが存在しているのか？」

「はい、陛下。私も王城で執務をしている際に、たまたま知った程度の知識しかありませんが」

感心の表情を向けてくる国王陛下に、私は苦笑気味に答える。

実際に、こんな台帳があると知ったのはたまたまだ。

以前馬車で城に戻ってきた際に、城門に差し掛かったところでたまたま窓の外を見て、持ち込み物を細かく台帳に記録しているのを見て知った。その時の事を思い出して城門の記録を確認してみたところ、証拠と呼んで差し支えないものが見つかった。

「こちらは三ヶ月前の記録です」

そう言いながら国王陛下の前に出したのは、木紙に穴を開け紐(ひも)で括(くく)っただけの簡素な冊子だ。

あらかじめ該当箇所を探して挟んでおいた三つのしおりの目印に従い、一つ一つ順番に指で示していく。

「この日、私が国王陛下に宛てた書類が、たしかに城門を通過しています。こちらは二ヶ月前、そしてこちらは一ヶ月前」

「なるほど、たしかにありますな。差出人として『アリステリア嬢』のお名前と、用途に『書類(クレーゼン教育特区に関わる報告書在中)』と」

同調してくれたのは、宰相閣下だ。その合いの手に首肯を返し、私は自信を持って言う。

「一つなら未(ま)だしも三ヶ月分、すべてが見つかったとなると、流石(さすが)に台帳の書き間違いという事はないでしょう。もちろん城門を潜(くぐ)って以降、どこに行ったのかまで追う事はできませんが」

言いながら国王陛下の方に目をやると、「構わん、十分だ」という答えが返ってきた。

チラリと殿下の方を見ると、彼は悔しそうに歯を食いしばり俯(うつむ)いている。

城内に入った私の報告書の行方（ゆくえ）に関して、一応は目撃情報も入手している。しかし物的証拠がある訳ではない。

フーは「糾弾すべきだ」と怒っていたけど、そこまで口にして事実確認が行われたら、城内に噂が広まるかもしれない。

それでは私が秘密裏に、国王陛下に謁見を申し出た意味がなくなる。少なくとも殿下がこれ以上この件に踏み込んでこない限り、無用な醜聞を殿下に付けて国を揺るがす理由もない。

「アリステリア。せっかくなのだし、そなたの口から教育特区化の報告を聞かせてもらえないか」

「はい、陛下。是非」

気を取り直すように言ってくれた、国王陛下の心遣いに感謝しながら、やっと報告書の内容に触れる。

「現在、生徒は二十三人。基本的には文字の読み書きや算術、刺繍（ししゅう）などの教育を施しています。生活上の困り事について話しては随時助言をしたり、夢について語り合い成就に必要な努力をしたりしており、塾で得た知識や経験を商業や飲食業を始めとする職業に活（い）かし始めている方は、総勢十九名。彼らの世帯収入を分かりやすく図に纏（まと）めたのがこちらですが、見ての通り順調に増えています」

「なるほど。これがすなわち先日そなたが言っていた『教育によって世帯収入が上がる』という事だな？」

「その通りです、陛下。その結果、当初の目的の一つとしてお話しした『税率を増やさずに、税収を増やす試み』が、これで少なからず結果に表れた事になります」

説明しながら、今度は年間報告書の該当部分――折れ線グラフを指し示した。

国王陛下が資料を見て深く頷いたりしているのは、説明しながら見てもらっているので分かりやすい……というのももちろんあるのだろうけど、何よりも報告書自体の出来がよく、直感的に情報が分かりやすいからだろう。

例に漏れず、報告書を作ったのはルステンさんだ。元々丁寧で詳細な書類を書く方だったけど、今年は少し纏め方に助言もしておいたので、前年と比べてもかなり可読性が増した。

普段からたくさんの書類に目を通す陛下のような方であればこそ、そのよさが分かるのではないだろうか。

どちらにしても、ルステンさんの報告書が好評なのは、上司としても、同じ領地で働く仲間としても、嬉しい限りだ。

「また現在クレーゼン領では、『商店で、店内の商品配置を変える事で購入増を目指す試み』や、『商品に物語を付けて宣伝効果を上げる事で、商品の売れ行きを伸ばす試み』『お店で売られている商品に因(ちな)んだ料理を提供し、飲食店の来客数を増やす試み』などを並行して行っています」

それぞれの試みの主旨や詳細説明などは、報告書の方に記載している。そちらは後で読んでもらうとして、「変わった試みばかりだな」と呟(つぶや)いた国王陛下が、興味深そうにしてくれているのが、とても嬉しい。

「ふん、こんなのに効果が見込めるものか。そもそも王都ですら行っていない手法など――」

財務大臣閣下が小馬鹿にしたように鼻で笑ってくる。言い方から、「そんな妙な試みで、成果など出る筈がない」と思っているのが透けて見えた。

しかし、日々財務管理という数字を扱う仕事をしている彼にこそ、数字で出ている結果は無視できないだろう。

「短期的には、概ね効果が見られました。詳しくはこちらの報告書に詳細を記載していますので、ご覧ください」

「ぐ、ぐぬぅ……」

厳めしい顔が、悔しげに歪む。どうやら彼の口を閉じさせるくらいの成果は出せていたようだ。

しかし、問題はこれからでもある。

「短期的には、という事は、長期的な効果が見られるかが課題だという事ですかな？」

興味深そうに聞いてくださった宰相閣下に、私は「その通りです」とにこやかに言葉を返す。

「特に商売関係の改善は、最初こそ効果が表れやすいもの。斬新な案も、見慣れてくれば効果が薄れていく傾向にあります。如何に先細らせないか。先細りをゆるやかにするか。やり方を定着させていくか。経過を見ながら考える必要があります」

「一度いいやり方を決めたらそれで終わり……ではなく、という事ですかな？」

「ただの知識を覚えるだけならば、それでもいいのでしょうけど、季節もお客様も、生活様式だって、時代や年齢と共に変わりますから」

考え続ける事が大切。それは、かつてルステンさんにも言った事だし、生徒たちに教えてきた事でもある。

「考える事の楽しさや、問題が改善される事への達成感。試行錯誤し、成長する事。それらは、最初こそ『難しい』と思うかもしれませんが、癖付ける事さえできれば、自然とできるようになっていくものでもあります。そうして身についた習慣が、その方の人生の財産となってくれればいいなと、私は思っているのです。——それこそ、この先塾をやめたとしても、その先で」

そんな私の言葉に、国王陛下が少し意外そうな表情を見せた。

「塾をやめる生徒が出ても構わないのか？　せっかく教えた者たちだろう」

「たしかに教えた方たちが私の手元から離れる事は、一見すると『せっかく育てた人材の損失』に見えてしまうかもしれません。しかし、生き方や都合は人それぞれです。どんな場合も、本人たちが納得して塾を卒業するのなら、私は快く背中を押します」

むしろ相手の都合を無視して領地の発展のためにしばりつけておこうだなんて、それこそ彼女たちの可能性を、却(かえ)って狭める事になる。

私は、領民たちの可能性を少しでも広げるための手段として、知識を供与する事にした。経験を積めるようにした。

その結果、欲しい物を得て夢のために新たな一歩を踏み出すのなら、それは本望というものだ。

「もちろん塾に来なくなる事でいつも会っていた方々と会う機会が減ってしまうのは、少々寂しくはありますが」

それでもそれが彼女たちを引き留める理由にはならない。私がそう言葉を続けながら小さく苦笑すると、国王陛下は「そうか」と言って微笑み返してくれた。

「生徒たちとは、どうやら仲良くやっているようだな」

「はい。皆さん、とてもよくしてくださっています。色々な夢を持っている方々がいらっしゃって、まったく飽きません。たとえば『体力をつけて、休日に家族で一日中外で過ごすのが夢』だという方がいらっしゃって。体力づくりの方法を皆に教えたりもしましたし」

「ほう？」

「その方は、無事に家族で一日中外で休日を過ごせるようになりました。毎日コツコツと頑張っていましたから、嬉しそうに報告してくれて、私もとても嬉しくて」

その上その方、護身術でひったくりを撃退までしてしまいました……という話は、流石に殿下の前でするには不適切だろう。護身術は報告書の『新たな取り組み』の欄に記載しているので、見つけたら読んでもらえれば、それでいい。

「楽しくできているようだな。その上初年度でこれだけ成果も出ているというのなら、申し分ない。そうだろう？　財務大臣。心配せずとも、来年度の教育特区化に関する援助金の予算を削る必要はないようだ」

にこやかに話しかけてくれていた国王陛下が、財務大臣閣下に視線を移した。

陛下の話を聞くに、どうやら彼が自分の権限に基づいてクレーゼンへの援助金を削ろうとしていたらしい。

もしかしたら「国から援助金が出ているのに失敗しているのなら、教育特区化は国家予算の無駄遣い。今すぐに取り上げ、計画は白紙にするべき」というような論を展開していたのかもしれない。

国王陛下は、この国の最大権力者だ。国事となればたしかに貴族たちの意見を完全に無視する選択は悪手だけど、貴族一人一人の力が陛下よりも強い訳でもない。

反論の糸口が見つからない状況で、一人で何かを言い返す事ができるほど、財務大臣閣下も大胆ではないらしい。

渋々……という気持ちは大いに感じつつも、財務大臣閣下は結局頷いた。

宰相閣下からは、そもそも反発を感じていなかった。むしろ少し興味深そうに私が提出した報告書に目を向けている辺り、この試みにそれなりに好意を抱いてくれているのではないだろうか。

先月までの報告書にはギリギリ載せられていないけど、まだ『金属技師の世襲制見直しに関する試み』なども、次回の報告内容にある。他にもきっと、クレーゼンに帰れば、もっと報告できる事は増えるだろう。そう思えるだけのポテンシャルが、あの土地にはあると私は確信している。

「アリステリア」

「はい、陛下」

「城内に広がっていた『クレーゼンの教育特区化失敗』については、この成果を以てじきに収まる事だろう。国からも援助金の交付もある。そなたが思う教育特区化を、引き続き気兼ねなく進めなさい。王城内に持ち込まれている筈の報告書に関しては――」

そう言って、国王陛下はチラリと殿下の方を見た。

「きちんと管理を厳重化させよう。もうこのようなミスがないように、な」

殿下の肩が、僅かに震えた。些か顔色が悪いように見えるのは、目の錯覚ではないのかもしれない。

大事にしないようにという私の気持ちを汲んでくださった国王陛下だから、おそらく犯人を突き止めて皆の前に晒すような事はしないだろう。

それでいい。私としては、今後報告書が国王陛下の目に届く前に紛失さえしなければ、それで十分なのだから。

「はい、ありがとうございます」

お礼を告げると、満足げな首肯が返ってきた。

国王陛下に丁寧な暇の言葉を告げて、私は席を立ち上がる。

すぐに立ち去らなかったのは、最後に用事が一つだけ残っていたからだ。

「――エストエッジ殿下」

前回は対話の続きを背負い投げという、少々手荒な方法で断ってしまった相手に、言葉を向ける。

私が殿下の同席をお願いした理由は、二つある。

一つ目は、報告書にイタズラをしないように、彼に釘(くぎ)を刺しておく事。しかしこちらは、既に国王陛下がやってくれた。だからもう一つ。

「殿下のもとを離れた私がもう何かを貴方(あなた)に言える立場にないのは、重々承知の上ですが」

それでも言いたい事があった。聞きたい事……いや、伝えたい事と言っていいかもしれない。

「殿下はまだご自分の夢を、覚えていらっしゃいますか……?」

「何?」

彼の顔に浮かんでいた緊張と恐怖に、警戒心と僅かな苛立(いらだ)ちが加わった。

少なくともこの問いが歓迎されていないのだろうという事は、もちろんすぐに理解できた。

それでも今回の件を調べるにあたって、たまたま気がついてしまった事が一つある。それがあまりにも私が知っている彼らしくなくて、どうしても言わずにはいられない。

「殿下はかつて、私に教えてくださいました。『国王陛下の跡を継ぐ、立派な王になりたいのだ』と。

私は貴方のその夢を、とても尊敬していました。貴方にそうなっていただけるように、最大限の助力をしようと思いました」

だから殿下の婚約者になって王族の執務を手伝える立場になった時、素直に全力を尽くした。少しでも殿下が王太子として皆によく見てもらえるように、私の頑張りが彼の評価になると思って、支えてきた。

それが実際に彼にとって嬉しい事だったのかは分からない。しかし私のその行動の根底にあったのは、間違いなく彼の思いだった。彼の『父親のような立派な王に』という思いを応援したくて力を尽くした。

しかし、今の彼に果たしてその頃の思いは残っているのだろうか。ある事実を知ってしまった事で、そんな疑問が少なくとも私の中に生まれてしまった。

「少なくとも国王陛下は、自らの役割からは決して逃げない方です」

殿下がご自分の仕事を――自ら書類を確認し、王族印を押す作業を放棄している。

そう気がついた時、私は落胆よりも先に疑問を抱いた。

彼が私に将来を語ってくれたあの時の言葉に嘘はなかったと、私は今でも思っている。

それに気付いた時でさえ、その信頼は揺るがなかった。だから思ったのだ、彼は忘れてしまったのかもしれない、と。

「殿下は殿下以外の誰でもありません。国王陛下と同一の人物にはもちろんなれませんが、だからこそ本当に近付きたいのであれば、相応の努力や労力が必要になるでしょう」

私だってそうだ。

殿下のもとから離れた時、私は祖父を思い出した。祖父越しに抱いたかつての夢の存在を思い出した。

人は時折、夢を忘れてしまう事がある。心の余裕のなさが忘却を大いに助長する事は、私自身痛いほど体感している。

それでも尚、思い出した夢を追い始めた私は今、とても楽しい。

発展途上で、まだお祖父様ほど周りに影響を与えられた訳ではない。領民たちに確固たる結果を齎せた訳ではない。

それでも私は、自分の夢を思い出せてよかった。お祖父様のように『自立した人間になり、さらに自立できる人々を増やす』という夢を再び追いかけ始めて、その先で『領民たちの将来への選択肢を増やすために、知識を供与する』という新しい夢を見つけて、今は『彼らが抱いた夢を叶えるための一助になる事』を目標にして、頑張っている。

「殿下は、今のご自分の事が好きですか？」

私は、自分の夢を追えている、今の自分の事が好きだ。だから無自覚に自分の夢を忘れてしまっている殿下を、私は心配に思った。

生まれついての王太子で、国王という地位や城という場所から立場上逃げる事がほぼ許されない。

そんな状況の中で、せめて彼の『なりたい自分』にはなってほしいと、目指してほしいと思ったのだ。

皆がいる前で、これ以上の事を口にすれば、彼が犯してしまっている夢への不誠実が明るみに出る。

別の場所を選んで伝えればいいだけなのだけど、私が彼の秘密を知っている事を明言してしまっては、彼の心労になるだろう。

だからあわよくば、彼の中に気付きがあれば。

……私が彼の王族印の件に気がついたのは、彼が押印したという書類をたまたま見た時に、押印の仕方に彼の癖が見られなかったから。そんな曖昧なものだけど、私が分かるくらいなのだから、他の方が気付く可能性もある。彼が変わるチャンスがあるとすれば、その前までだ。

おそらく事が明るみになれば、彼の立場は危うくなってしまうだろう。

しかし、気付きがあればきっと彼は変わる。夢に誠実だった頃の彼を知っているからこそ、私はそう信じて、敢えて告発はしないという道を選んだ。

この選択が必ずしも正しいとは限らない。もしかしたら貴族としては、間違っているのかもしれない。

それでも私は願ってやまない。彼が自らの過ちと向き合い、再び自分の力で前を向く事を。

殿下から視線を外し、今度こそ部屋を後にする。

後ろから「改めて思う。やはりそなたは王族として迎え入れるべきだった」という、国王陛下のしみじみとした声が微かに耳を撫でた。

しかし覆水は盆に返らない。私は聞かなかった事にして、振り返らずに外に出た。


部屋の外で待っていたフーとダニエルを連れて、王城の廊下を歩いていく。

用事は終わったのだから、もちろん目的地は出口だ。ヴァンフォート公爵家の王都邸に帰り、久しぶりに家族と食事をし一泊したら、明日にはクレーゼンに帰る。

もう少し王都でゆっくりすればいいのに、とお母様や私の体調を気遣ってくれているフーは言うけど、できるだけ早くクレーゼンに戻りたいというのが私の希望だ。

クレーゼンにはルステンさんがいる。そう心配はしていないのだけど、遅くなるとロナさんたちに怒られてしまうし、私もすぐに帰るつもりで彼女たちに適量の宿題を課している。

私が帰らない事で、せっかくの彼女たちのやる気を損ねてしまっては勿体ない。

この予定は、既に前もって陛下にも共有済みだ。先程の話し合いの際に、「すぐに視察に来る予定なら馬車に同乗していい」という話をしたため、その気ならおそらく今日中には、屋敷の方に何らかの返答があるだろう。

そんな事を頭でつらつらと考えながら角を曲がり、見通しのいい廊下に差し掛かる。すると、見知った女性の姿を見つけた。

ふんわりとした桃色の可愛らしいドレスがよく似合う、猫のような愛嬌のある令嬢だ。彼女は私が近付くと、壁に体を預けたままでこちらに振り向く。

「このまま社交界には顔を出さずに帰ってしまうの？　アリステリアさん」

「サラディーナさん」

口元に手を当て「えー、とても残念だわー」と言っている彼女は、言葉とは裏腹に、とても楽しそうな声だ。

それだけで、彼女が言葉を額面通りの意味で使っているのではないという事と、彼女が私に対する敵対心にも似た感情を最初から隠す気がない事を、同時に気付かされる。

こういうかけ引きは久しぶりだ。社交界に身を置いていた頃はまるで呼吸をするかのように相手からされ、自分もまた本心を隠して相対していた。

クレーゼンでは、必要のないやり取りだ。今となっては懐かしい。

「お声掛けいただき、ありがとうございます。しかし申し訳ありません、私には、陛下から賜った大切な仕事がありますから、どうしても急ぎ領地へと戻らなければならないのです」

「アリステリアさん、貴女どうしてたかが他人のために、そんなに自分の時間を割くの？　私には理解できないわ」

「誰かの一助になれるのは、とても楽しい事ですよ？」

難なく笑顔で彼女に返すと、肩をすくめて嗤われてしまう。

もしこれが私の腹を立てるための行為なのだとしたら、まったくの無意味だと言っていい。

たとえば私は、自分の経験が何らかの形で、他の誰かの助けになれれば嬉しい。誰かが今までできなかった事ができるようになっていくのを見るのが好きだし、誰かがたくさん努力を重ね、夢を叶える瞬間に立ち会えるのが楽しい。

それは、一見すると一方的に与えてばかりのように見えるかもしれないけど、実はそんな事はない。私だって彼女たちの姿から知識的にも精神的にも学びが得られる事は多いし、感謝してもらえればもちろん嬉しい。

その人だけの唯一無二の、脇役になれる事が嬉しい。お互いが自立しそれぞれの夢を叶えた先で、様々な喜びや達成感が共有できれば、尚の事最高だ。

しかしそれは、私の価値観に過ぎない。

彼女の意見は彼女のもの、私の意見は私のものだ。それ以上でもそれ以下でもなく、両者をわざわざぶつからせて競う理由もない。

しかし彼女は、どうやらそういう価値観の持ち主ではないらしかった。

「そんな事をするよりも、他人の人生を自分の手のひらの上で転がす方が、手っ取り早いし楽しいじゃない」

可愛らしい声で語るには、少々過激な内容だ。にも拘らず悪意の類を感じないのは、おそらく彼女に正解を論じる気がないからだ。

彼女はただ、会話を楽しみたいだけ。自分の言葉に私がどう言葉を返してくるのか楽しみにしているだけ。私の目には、そんなふうに映った。

――まるで会話を、遊び道具だと思っているかのようだ。

おそらくそんな私の印象は、少し浅くはあったものの、あながち間違ってはいなかったのだろう。

「人生ってやり直しができないでしょう？　だから私は、他人を盤上に置く事にしているわ。だってそうすれば、何度だって遊ぶ事ができるでしょう？」

彼女はそう言い、可愛らしい顔でニコリと微笑む。

その瞬間に、私は理解した。

あぁこの方は、おそらく他人の人生を駒にして、まるで盤上のチェスを楽しむかのように、人を操るという行為を楽しんでいるのだ、と。

「残念なのは、大抵は一度遊んだら、同じ駒は二度と使えない事ね。たった一度使うだけで再起不能にまで落ちぶれちゃうなんて、本当に残念。――でも」

彼女はそう言うと、無邪気な喜びの感情を正面から向けてくる。

「貴女は違った。もう二度も遊んだのに、まだ盤上に残ってる」

「殿下を誘導した方がいらっしゃるのではないかとは思っていましたが、貴女なのですね？　サラディーナさん」

私の言葉に、彼女の無邪気な笑みが深まる。

婚約破棄の一件以降、ずっと感じていた殿下の影にいる存在をやっと見つけた。そんな、妙に納得した気分になった。

殿下が夢を忘れてしまった事の裏にあるのは、おそらく多忙故に心の余裕がなかったからだけではない。彼女の巧みな誘導があったのだろう。もし彼女が今話している通りの思想の持ち主なのだとしたら、そんな事実が裏にある事も想像に難くない。

私はこれまでそれほど彼女と親しくしてきた訳ではないけど、対外的な評判くらいなら少なからず知っている。

今世では重宝されるべき、庇護欲（ひごよく）のそそられる可愛らしい女性。社交場に出る頻度から、あまり社交に積極的ではないように見える。

マイペースさが時折我が儘に見えない事もないけど、可愛い女性から小さな我が儘を向けられたところで、却って愛らしさが増すだけ。挨拶を交わす程度のやり取りで私が抱いていたのは、比較的非好戦的な女性なのではないかという印象だ。

どちらにしても、少なくとも私にとってはどれも、決して悪印象ではなかった。そしてそれは、過激な言葉を向けられた今でも、不思議とあまり変わっていない。

何故だろう。そう考えて、可能性に思い至る。

彼女には、「相手を蹴落として優位に立とう」という類の悪意が見て取れない。通常の貴族の社交のように、自分の地位を上げるために弁舌で戦うのではなく、ただただ「すべては自らの無邪気を満たすため」という感情が感じられる。

純粋で無垢で、真っ白なままの無邪気さに、「まるで心が子どものまま、体だけ大人になってしまったかのようだ」という感想を私は抱いた。

「二度も壊れなかったんだもの。きっとずっと、壊れないでしょう？　嬉しいわ。最高の遊び相手が見つかった！」

そう言いながら、彼女は私の手を両手で包み込むようにして握る。

悪意も害意もない、笑顔と声色。おそらく彼女は心から、私という遊び相手を見つけて喜んでいるのだと思う。

しかし私は、彼女の遊びに付き合う事はできない。

私には、やりたい事がある。たくさんクレーゼンに置いてきている。

「貴女が自分のやりたい事をやりたいように、私にも私のやりたい事――叶えたい夢があります。それを為すので精一杯で、他に回す余力はありません」

もし彼女の言う遊びが、私の想像している通りの『社交場での私と誰かの人生を懸けた何か』だとするのなら、私は既に自分の人生を、自分の夢に懸けている。彼女の行いの良し悪しや、迷惑の有無について考える前に、そもそも彼女に付き合う余力はない。

しかし彼女も、どうやら引き下がる気はないようだ。

「せっかくの相手を逃がすつもりはないわ。貴女が盤上に上がらないって言うんなら、無理やりにでも上がってもらうだけ。方法なんて、たくさんあるもの」

そう言って、楽しげに笑う。

不敵な笑みではあるのだろう。しかしそれよりも、やはり「無邪気さが勝っている」という印象だ。

彼女の言葉を聞いている限りでは、彼女はあくまでも盤上を俯瞰し他人の人生を盤上で操る立場であり、自分の人生は賭けの台には載せていないのだろう。

彼女はおそらく、実際にそうできるだけの能力を持っている。

でなければ、婚約破棄の一件以降もずっと殿下の裏にいたにも拘らず、彼女の名前がまったく表に出てこないなどという事にはならない。

他人の人生を勝手に賭け台の上に載せて、自分はあくまでも高みの見物。彼女の言動の端々からそんな印象を強く受けるし、おそらく実際にそうなのだろう。

相手からすれば、きっと堪ったものではない。やめさせなければならない。そんな正義感が湧いてもおかしくない……いや、むしろその方が正しい心の動きなのだろうと思う。

しかし私はそちらよりも、彼女の事をただ純粋に「勿体ないな」と思った。

「そのような事ができる貴女になら、自分の人生でさえ、自分の思うように操れるでしょうに」

おそらく彼女ほどの方なら今すぐにでも、自分がなりたい自分になれる。何にでもなる事ができるだろう。

それなのに、現状はそうしていない。自分の能力を、自分でも「遊び」と形容する事柄にのみ使い、有効活用できていない。それを『宝の持ち腐れ』と形容せずに、どんな言葉を使えばいいのか。

そう思った。

しかし私が零した言葉に、彼女はキョトンとする。

「人生は一度きりなのよ？　私の人生を使っちゃったら、次がなくなっちゃうじゃない。楽しい時間が終わっちゃう」

「一度きりだからこそではないですか」

たしかに彼女が言う通り、人生はたった一度きりだ。もしかしたら前世の記憶がある私が言う事ではないのかもしれないけど、人生なんて普通はやり直しなんてできないし、再出発をするにしても、必ず過去が付き纏う。

しかしだからこそ、過去の経験を経て成長する事もできる。時には失敗を後悔する事もあるけど、時間が経てばそれさえもいつか「あの苦い経験は無駄ではなかった」と思えるようになる。そういうものなのではないだろうか。

努力は報われる……は流石に綺麗事だけど、その頑張りはきっと誰かが見ているし、そこから繋がる縁も、開ける可能性もたしかにこの世には存在している。

「私たちの過ごす日々は、螺旋状に連なっています。昨日の努力が今日の可能性に繋がっているし、抱いた夢の先には新たな夢が見つかるものですよ」

　だから決して、次はなくならない。私はそれをこれまで見てきた。

　美味しい紅茶とお菓子をテーブルに並べて、皆で困り事や夢を語る。楽しそうにそれをしている生徒たちを、そうやって続いていく夢や明日を、私は特等席で見てきた。

　その光景に、私も頑張る勇気を貰えている自覚がある。そういう感情も含めて、私は『一度きりの人生だからこそ、自分の人生を生きる事は楽しい』『自分の夢のために邁進する事は楽しい』と思えている。

　しかし彼女は、首を傾げた。「よく分からない」と言いたげだ。

　少なからず理想を語った自覚はあったので、嘲笑われる可能性はあると思っていたけど、彼女が向けてきたのは、純粋な困惑。想像外の感情が返ってきた事に、私は少し不思議に思う。

　もしかして、努力が実った経験がないのだろうか。ためしにそう考えてはみるけど、彼女ほどの方ならば、努力が必ず実る事こそあっても、その逆は中々考えにくい。

　これ以上考えるには、彼女に対する理解が足りない。

「サラディーナさん、貴女のやりたい事や欲するものは、何ですか？」

「言ったじゃない。遊び相手よ」

「それ以外では？」

「それ以外？　うーん……」

今日初めて言い淀んだ彼女は、小さく唸りながら考える。しかしそれも、そう長い時間は続かなかった。

「特にない。それよりさ、次は何で遊ぶ？　社交界に出るんなら舞台はそこでよかったんだけど、出ないんでしょ？」

早々に思考を放り出してせがむ様は、無邪気で可愛らしくはあるけど、同時にひどく幼い。

そんな彼女の姿を目の当たりにして、私は頭にかかっていた最後の霧が一気に晴れたような感覚を覚えた。

初めて彼女の全容を、真正面から見たような気持ちになる。

あぁ、彼女はきっと、まだ夢を持ったことがないのだ。

だから夢のために頑張る日々にピンと来ない。

おそらく努力の先に目標がないから、おそらく努力をつまらないものだと思っていて、だから他人の人生を駒にして、その方がこれまで積み重ねてきた努力を無に帰すことにも、頓着がない。

夢を叶えた時の喜びを知らないから、夢を抱く事に興味もないのだろう、きっと。

そう気がついた。

彼女のすべての言動がどうにも幼く見えるのは、もしかしたらそのせいなのかもしれない。

そんな彼女である事も、彼女の魅力の一つだろう。

しかし人は、永遠に同じではいられない。彼女もいつかは変化の先で、自分の夢に、なりたい自分に、出会う日が来るかもしれない。

そんな時、人より遅く自分の夢に気付いた彼女が、他人の人生を操って遊んでいた彼女が本当に頼れる相手は、一体何人いるだろうか。

「サラディーナさん」

気がつけば、私は彼女の名を呼んでいた。

「もしいつかサラディーナさんが何かを切実に願い、しかしそれを為すための手段を持っていない時は、私にご相談にいらしてください」

少なくとも今の彼女にとって、私のこの言葉は必要のないものだろう。しかし未来の彼女にとっても、同じだとは限らない。

私は自分の夢のために、進む事をやめるつもりはない。時間なんて足りないくらいだ。他にかまけている暇なんてないから、今の彼女の相手をしてあげられない。

もしこの先、先程の「貴女が盤上に上がらないって言うんなら、無理やりにでも上がってもらうだけ」という彼女の言葉通り無理やりにでも私を彼女の遊びの盤上に上げてくるのなら、仕方がない。私は私の夢のために、彼女と相対する事もあるだろう。

しかしあわよくば、私の夢の途中や先で、彼女の中に芽生えた夢が交わってくれる事を、願う。

その時はきっと、彼女の助けになれるように、彼女と一緒に未来について考えたい。

初めてアリステリアに勝ったと思っていたが、どうやら勘違いだったらしい。いくら自分を誤魔化しても、そうとしか言えない結果になって、私は悔しかった筈である。

城内の郵便物の受け取り記録には手を回していなかったから「しまった」と思ったら、何故か記録は残っておらず、ホッと胸をなでおろしたところで門番の記録が残っていたせいで、せっかくの工作がほぼ意味をなくした。

そんなふうにしたアリステリアを恨んでいい筈だし、おそらく王族印を文官に押させている件について言及しているのだろう、あのアリステリアの言葉選びに、バレてはならない事がバレた恐怖を感じていい筈だ。

にも拘らず、どうにも恨みや恐れを抱けない自分がいるのは、それ以外の事が脳内をほぼ占めてしまっているからだろう。

——殿下はまだご自分の夢を、覚えていらっしゃいますか……？

少し気遣わしげなあの言葉を、どうしても頭の中で反芻してしまう。

夢。そう聞かれ、最初は「一体何を」と思ったのだ。しかしアリステリアの言葉に、過去の自分の言動の数々が、一つ一つ大切に順番に、紐解かれていくかのように思い出されていった。

今思えば、何故忘れていたのか、分からない。

国王である父親の事を、カッコいいと思っていた事を、臣下たちに慕われながら、国に関わる重大な決定を下す姿に憧れた事を思い出せば、何のために王太子然とした自分でいたいかを、こんなにも色鮮やかに思い出せる。

アリステリアが隣にいた時は、定期的に思い出していたかもしれない。それが段々と忘れていき、いつの間にか王太子然とした自分でいる事、王太子という立場にい続ける事が目的になってしまっていた。

——殿下は殿下以外の誰でもありません。国王陛下と同一の人物にはもちろんなれませんが、だからこそ本当に近付きたいのであれば、相応の努力や労力が必要になるでしょう。

そういえば、アリステリアは定期的に、同じような事を言ってくれていた。

——殿下は、今のご自分の事が好きですか？

すぐに首肯できない自分がいた。

私は今、かつてなりたかった自分になれているのか。そう心に問いかけて出た答えは、あっけないほどの『否』だった。

なりたかった自分――かつて目指したあのカッコいい父のようになるためには、何をすればいいのだろう。

アリステリアは私に、その答えのヒントを残している。


――少なくとも国王陛下は、自らの役割からは決して逃げない方です。


自らの、王太子としての自分の今の役割は、与えられた執務をこなし、社交場に出る事。王太子として恥ずかしくない言動を見せ、臣下たちを安心させる事。

過去にアリステリアが「そう在れるように頑張りたいのです」と言っていたのを、いつだって、すぐに答えを口にするのではなくまずは問題提起するという、アリステリアの癖を思い出す。

すべて、起点がアリステリアだ。その事実を前に、やはり自分がアリステリアに勝てないのだという現実を突き付けられる。

それでも尚、あの時のアリステリアの外面の微笑に僅かに垣間(かいま)見えた心配の色が、私の脳裏に焼き付いて離れない。

アリステリアは、おそらく私を恨んでいない。婚約破棄をし、社交界での彼女の評判に傷をつけ、王都から遠く離れた場所に追いやったにも拘らず、それでも尚彼女は、私が知っている『私をずっと支えてくれていたあのアリステリア』のままでいるのだと、否応なしに分かってしまった。

アリステリアに、恋情はなかった。それでも、曲がりなりにも長い間隣にいた間柄だ。

アリステリアが私の顔色を読めるのと同じように、私も他人よりは少しだけ、アリステリアを知っている。そんな、昔は彼女の婚約者としての誇りの一つだった自信が、今も尚自分の心の端に残っていた事を自覚した。


――殿下はまだご自分の夢を、覚えていらっしゃいますか……？


何度も思い出す彼女の言葉に考えを巡らせると、まるでその言葉に導かれるようにして、アリステリアに抱いていた恨みがスーッと溶けていく。

まるで魔法にでもかかったかのようだ。彼女への恨みの正体が、「彼女には勝てない」という諦めと嫉妬の形をしていた事に、今更ながらに気付かされた。

そうなってからは、対抗心や嫉妬心を抱いていない自分がいる。

何故なのだろう。分からない。物理的に離れたからなのか、一人で答えを出すまで、誰にも会わずに自分できちんと考えたからなのか。

あれ以降、サラディーナには会っていない。

元々いた婚約者との関係を破棄し、婚約者とも認められていない令嬢を代わりに側に置いて彼女のために時間を使う事が、果たして『父のような国王になるため』に必要な事か。そう考えた結果、少なくとも褒められた事ではないと気がついた。

既に手遅れかもしれない。それでもやっと少しは客観的に自身の事を見られるようになった気がするのは、成長とは言えなくとも、きっと退化ではないと思う。

自分のすべき事を、差し当たっては書類を確認し王族印を押すという作業をきちんと行おうと決めて、正直に父に自分のした事を申告し、それからは日々、仕事に追われる身だ。

当然サラディーナに会う時間はないので、その旨を書いた手紙を送った。

やはりどんなに大変でも、王太子としての仕事はしなければならない。これから忙しくなるだろうから、君には会えない。要約すると、そんな内容だ。

その後、何度も手紙が来ているとは聞いているものの、何かと忙しく、彼女の手紙を読むよりも睡眠時間を取った結果、未だに封すら開けていない。

たしか一度だけ、約束もなく執務室にやってきていたが、彼女用の紅茶とケーキを執事から出させて、私はひたすら書類作業に邁進していたところ、気がつけば彼女の姿はなかった。

残っていたのはテーブルの上にある空のティーカップと皿と、使い終わったカラトリーだけ。そんな事もあったが、それがどうした。

　仕事に邁進してはいるが、前と比べて睡眠時間が確保できるようになったし、頑張りたいという意思があるからか、以前ほどしんどくは感じない。

　睡眠時間確保のために、父には「今の自分の力量では今まで通りの仕事量は捌(さば)けない」と素直に相談し、仕事量を少し減らしてもらっている。少々情けない話だが、父からは「少しずつでも、できるようになっていけばいい」と言ってもらえたし、時間的な余裕ができたお陰で作業能率が上がった気もする。

　これで少しは、なりたい自分に近付けているだろうか。心の中でそう尋ねてみたところで、誰の答えも返ってきはしない。

　しかしそれでいい。俺の夢は、立派な王太子になって、いずれは父の跡を継ぐ事。そして目下の目標は、次にアリステリアに会った時に、胸を張って「今の自分が好きだ」と言える自分になっている事だ。

　自室のベッドにゴロンと仰向(あおむ)けに寝ころんで天蓋をボーッと眺めながら、私は先日行われた、王

族も参加した社交場での出来事を思い返す。

「クレーゼンで行われている教育特区も、成果は順調に出ている。この国の更なる発展は、もう近くまで来ているのかもしれぬな」

アリステリアさんが不在の社交場で、国王陛下が告げた挨拶の中に、そのような文言があった。

「教育特区は失敗続きだったのではないのか」

「しかし陛下がああ言っているのだ、実際にはうまくいっているのだろう」

「一時期は『特区の廃止』という動きもあったが、どうやら立ち消えになったらしい」

「だとしたら、陛下は未だにヴァンフォート公爵令嬢の手腕を買っているのか」

会場内があっという間にそんな囁きで満ちたのは、必然といえば必然だったのだろう。

国王陛下は、きっとそんな反応を狙ってあの場でこの話題を持ち出したに違いない。

多くの貴族たちの声を決して無視できないのが今代の陛下なら、彼らの世論を操作する最も効率的な方法を知っているのも、おそらく彼なのだろう。

結局のところ、たった一言でここまで明確に世論を変える力がある時点で、国王陛下も実力者だ。

一度終わってしまった件にあまり興味を持てなかった私は、そんな周囲の様子を終始遠巻きにして見ていた。

久しぶりに一人壁の花になっていたのは、隣にいる筈の殿下が終始、忙しくしていたからと、私を他の令嬢たちと平等に扱ったからである。

その事に、別に怒りも悲しみも感じない。感じたのは、精々「あーあ、もう使えなくなっちゃったか」という、駒を一つ失くしてしまった事に対するほんの一抹の寂しさくらいのものである。

視界の端にいる、社交場で懸命に笑顔を作って会話に勤しむ殿下の姿に、ふと「そういえば私が大々的に駒として使った人の中で、社会的地位を保っていられているのは、彼が初めてかもしれないな」とは思った。

しかしだから何だというのか……と考えると、別にそれほど価値を感じない。

そもそも平凡で簡単に私の駒になってしまうくらいの人間に、大して興味も抱けない。興味の対象にはなり得ない。

そう思うと、やっぱり私の駒に対抗して見事に勝ち続けているアリステリアさんは、特別だ。

王城でアリステリアさんに会ったあの日、城内の耳から彼女の来訪を知った私は、彼女を待ち伏せし、少し話をした。

次の遊びの約束はできなかったけど、彼女との会話を楽しく思えたのは、きっと「私が彼女の事を最高の遊び相手だと認識しているから」という理由だけではないだろう。

次の遊びの約束を結局うまく往なされてしまった事も含めて、彼女の強さを実感した。

たった一つ、彼女の意図がよく分からなかったのは、彼女からの助力の申し出だ。

――もしいつかサラディーナさんが何かを切実に願い、しかしそれを為すための手段を持っていない時は、私にご相談にいらしてください。


一体何を見据えての言葉なのか。意図はありそうだと思ったけど、必要性は感じない。

私はただ、アリステリアさんと遊べればいい。

彼女は他とは違って、私の手のひらの上で思うように踊ってはくれなかった、初めての人。

彼女のお陰で、ただ決まった結末に向かう過程だけを楽しんでいた私の遊びは、分からない結末も楽しめるものになった。

どうやらまた彼女に負けてしまったみたいだけど、次はどうなるか。未来の勝敗は誰にも分からない。そんな遊びになってくれて、とても嬉しい。

「今度は私がアリステリアさんに勝つ。勝ったり負けたりしないと、彼女もつまらないでしょうしね」

さぁ、次は何をしよう。

引き続き殿下を主駒にしようと思っていたんだけど、彼のつれない様子を見るに、別の主駒が必要だろう。

アリステリアさんに恨みや嫉妬を持つ、おあつらえ向きの対抗馬……。

「そういえば、アリステリアさんに対する工作の一部を手伝っていた文官が、殿下の直属に一人いたっけ」

クレーゼンの教育特区化の進捗状況を確認するために、視察を送る予定があるらしい……という話を、城内に忍ばせている耳からちょうどこの前聞いたばかりだ。

事前に彼をうまく仕立て上げ、視察に行かせる。そうすれば、きっとクレーゼン内部を引っ掻き回してくれるだろう。

想像するだけで、もう楽しい。近い将来訪れるだろう展開に、もう勝手に心が躍り始めている。

転生令嬢アリステリアは
今度こそ自立して楽しく生きる
～街に出てこっそり知識供与を始めました～

エピローグ　こうして領地はまた一つ

暖かな陽気の、午後三時頃。今日の我が家の前には、いつもよりたくさんの方たちの姿がある。

普段は中に置いているテーブルを外に出してくれたダニエルに、家の中から大皿を持ってきて並べてくれているフー。お馴染み(なじ)みのメティア塾の生徒たちの中には、ディーダと彼の家族もいる。

その上牧場関係者と領主館の文官たちも来ている時点で、既に大所帯なのだけど、更にそこに賑(にぎ)やかさに釣られてご近所の方たちまで、参加する事になったので、かなりの人出になっていた。

「皆さん。お集まりいただきありがとうございます」

文官服のルステンさんが、コホンと一つ咳払(せきばら)いをして皆の前で話し始める。

「えー、今日はクレーゼンで今年起こした新事業・乳製品生産事業の試作品の試食会です」

彼の言う通り、テーブルの上に並んでいるのは、クレーゼンの新しい名産に期待されているチーズが載っている一口大のバゲットだ。

「牧場の方と領主館が協力し作り上げた、新しいクレーゼンの味となります」

彼が紹介に合わせて交互に手振りで示した牧場関係者と文官たちは、皆一様に誇らしげだ。

自分たちの仕事に自信がある事を、その表情が物語っていた。

きっと同じように思ったのだろう。隣でロナさんがヒソヒソと「楽しみねぇ」と囁いてくる。

そんな彼女に「えぇ楽しみです」と囁き返している間に、彼は「よろしければ皆さん試食して、ご意見ご感想をお寄せください」と言って、手に持った木のコップを顔くらいの高さまで上げた。

「それでは、皆さん……カンパーイ！」

カンパーイ、と、方々から一斉に声が上がる。

近くでも少し離れたところでも、飲み物の入った木のコップをカツンと合わせて乾杯をする音が鳴った。その音を号令にしたかのように、先程までは比較的静かだった周りが、皆思い思いに話し始める。

ある者は新しいクレーゼンの味とやらに直行し、またある者は友人を見つけて話しかける。皆自由に気兼ねなく、ワイワイガヤガヤとした、とても楽しい空間だ。

「私たちもいいのかしらぁ、ねぇアリス？」

ウキウキで声を弾ませながら早速許可を求めてくるロナさんに、私は「もちろんです」と頷く。

「むしろたくさん試食して、是非感想を言ってあげてください。実はまだもう少し味の調整などをする予定だそうなので、要望を出すなら今のうちですよ？」

せっかくこうして大々的に試食会を開いたのである。参考意見は多い方が生産者の方たちも嬉しいだろうし、何なら「美味しい」と伝えるだけでもいい。難しい評論文句でなくても感想が得られるという事自体が、これまで頑張ってきた彼らにとっては最高のご褒美になるだろう。

「じゃあ取ってこようかねぇ！」

「あー、楽しみー！」

「って、リズリー、もう取ってきたの!?」

取りに行こうとしたロナさんと比べて、リズリーさんは既に件の品を取ってきていた。

早く行かなきゃ、と言いながら小走りで取りに行くロナさんの背中を見送っていると、入れ違いにフーが戻ってくる。

彼女の手には、三人分のお皿があった。自分の分と私の分、そして後ろで私を護衛中のダニエルの分だ。

お皿の上に載っているのは、一口大のバゲットにとろーりチーズが載っている……だけかと思ったら、焼いたベーコン肉も載っている。

「クレーゼン名産の牛肉との相性も確認したいから、との事でした」

おそらく私の考えを、先読みしたのだろう。フーが内心の疑問にすぐに応えてくれる。

「チーズなんて初めてだけど、楽しみだなー。ちゃんと完成品になったら、クレーゼン内でチーズを使った料理を出すお店第一号になるんだし、今日は旦那が来れない分、私がたくさん食べとかないとー」

「そんな事言ってぇ、どうせ自分が食べたいだけでしょ、リズリーは」

「バレたかー」

戻ってきたロナさんに心の中を当てられたらしいリズリーさんが、照れ隠し気味に笑い返した。

街にチーズを布教するために、彼女の食堂にチーズを使った美味しい料理を出してもらう。そう打診しているのは確かだから私は素直に「勤勉だな」と思ったのだけど、どうやらそれとは別に私欲もあったらしい。

「じゃあ早速食べてみましょうよぉ」

「そうだねー。いただきまーす！」

号令よろしく示し合わせて大きな声で挨拶をしながら、お皿からバゲットを持ち上げた。パクッと食べればサクッという、軽快な音がまず響く。

「へぇ！　ちょっと独特の匂いがするけど、私はコレ、結構好きかもしれないわぁ」

「うーん、ちょっと塩味が薄いー？」

「お肉と一緒に食べてみると、どうでしょう？」

「んー！　ちょうどよくなったー!!」

ルステンさんの報告で「クレーゼン産のベーコン肉の味付けに合わせて、少し塩味を抑えている」という話を聞いたのを思い出して試しに言ってみたのだけど、やはりどうやらベーコン肉の塩味ありきで味付けの調整をしているらしい。

となれば、やはり食べ合わせによって最適な味付けを変えるという試みは正しいのかもしれない。

「お嬢様、次のを持ってきました」

「ありがとう、フー」

「あれ？　もしかしてフーも食いしん坊？」

ロナさんが、揶揄い交じりに早速二切れ目のバゲットを取ってきたフーに言う。しかし、フーは相変わらずの平常運転だ。

「食べ比べるのは、領主の職務を担うお嬢様に必要ですから」

「食べ比べ？」

「ええ実は、試食に当たって今回は五種類のチーズが試食できるようになっているのです」

フーの言う通り、今回の試食には一から五までの番号が振られた五種類のチーズが並べられている。それぞれ共に載せられた具に合わせて塩味を調整しており、複数個試食する事を想定してわざわざ一口大に切った小さなバゲットに、具とチーズを載せて提供しているのだ。

「皆さんも、是非食べ比べてみてください」

「えーっ!?　何それ早く言ってよー！」

「選び放題なんて楽しそうねぇ！」

二人してそう言い合いながら、楽しそうに再びテーブルの方へとバゲットを取りに行く。

遠くから聞こえてくる「制覇しよー！」「え、私もぉ！」というはしゃいだ声が、傍から聞いていてとても楽しそうだ。

「アリステリア様」

「ルステンさん。最初の挨拶、お疲れ様でした」

お皿を片手にやってきたルステンさんに、まずは労(ねぎら)いの言葉を掛けた。彼は少し恥ずかしそうにしながら「恐縮です」と言葉を返す。

「試食会も、無事に開催できましたね」

「はい。最初は領主館でやろうという話でしたが、場所を貸していただけてよかったです。あちらでは、流石(さすが)に今日ほど人は集まらなかったでしょうから」

彼からは、あらかじめ「せっかくの新しい名産品の試食会なので宣伝も兼ねて、できれば大々的にやりたい」という相談を受けていた。

領主館は、多くの方を呼ぶのには適した広さだけど、領民たちが足を踏み入れるには、些(いささ)か敷居が高い。宣伝にはあまり向かないかもしれない、という事で、私から「うちの家の前でするのはいかがでしょうか」と提案をした。

「たくさんの方が来てくださって、何よりです」

「今日のお陰でチーズに興味を持ってくれる人も増えるのではないですか？」

「そうですね。味には自信がありますから」

彼は誇らしげにそう言うと、目の前の和気あいあいとした領民たちの姿に、嬉しそうにゆっくりと目を細めた。

「努力が実るまで、あと一歩ですね」

「そうですね。試食後の味の調整などは牧場に任せて、あとは販路の最終会議を残すのみです」

この事業がここまで成長したのは、ルステンさんの功績が大きい。

もちろん実際にチーズ作りを請け負ってくれている牧場の方々や文官たちも頑張ってくれているけど、新事業を起こすために職場環境を整えたり、適切な人事異動を行ったり、その後も数々の会議に出て様々な試行錯誤について話し合いをしたりと、忙しくしながらも懸命に皆を纏めてくれた彼がいなければ、少なくともここまで順調には進まなかっただろう。

他にも私の知らないところで、彼のクレーゼンに掛けてくれている熱意が周りに影響を与えた事も、きっとあった筈だ。

「――貴方の夢は、叶いそうですか？」

そんな私の質問は、もしかしたら少し唐突に聞こえたのかもしれない。

彼は一瞬キョトンとし、しかしすぐに笑顔を向けてくれる。

「ええ、もちろん。我が領に誇れる試作チーズです。きっとこの美味しさは、いずれ国内中に知れ渡ると信じています」

そう言った彼の眼鏡の奥には、まるで少年のような瞳がある。

彼の夢はきっと現実になる。

ロナさんの商店では最近売上が増え、リズリーさんのお店では今、ロナさんのお店の『リーレンの涙』シリーズとのコラボメニューが、絶賛人気を博している。

シーラさんだって、体力をつけて休日に一日中家族で外に出るという夢を叶え、ディーダさんも頑張ってダンさんに師事をして、夢への階段を登っている最中だ。

これで彼の頑張りも実を結ばなければ、嘘（うそ）である。いや、きちんと実を結ぶように最後まで方々に気を配り、成功させなければ嘘である。


「あ、このチーズ。ジャガイモととても相性がいいですね。味が淡泊な食材には、総じて合いそうなところが使い勝手もよさそうです」

お皿の上のバゲットをパリッと食べて、私は美味しさにポロッとそんな感想を零（こぼ）した。

すると彼は「あ、それ私も思いました」と同意して、更に「ホウレン草とも相性がよくて」と教えてくれる。

「お嬢様、こちらのバゲットは牛肉より少し淡泊な鶏肉（とりにく）との組み合わせなのですが、もう少し塩味があった方がいいかもしれません」

そう言いながらフーが持ってきてくれたバゲットを食べてみれば、たしかにそうだ。今でも十分美味しいものの、改善できればもっと美味しくなりそうだ。

「実際にこれ、五種類作る予定なんですかね？　種類を分けて作るのって、ちょっと大変そうですけど」

横からダニエルがそう聞いてくる。

「いえ、実際には牛肉用ともう一種類の二つだけ、作る予定です。どの食材と抱き合わせで展開していくか、それも含めて悩んでいまして」

「なるほどな。じゃあ俺はこのトマトとのセットのやつを強く推したい。トマトの酸味との組み合わせがかなりいいのと、このチーズのこってりとした感じがすごくいい。ステーキ肉とかにたっぷり付けて食べたら、絶対にうまい」

「何を言っているのですが、ダニエル。こちらの果物の香りのものの方が、チーズ独特の匂いが苦手な方には食べやすいでしょう」

言いながらフーがダニエルに、彼女お勧めのバゲットを半ば無理やりに食べさせる。

傍から見れば「あーん」の構図の筈なのに、乱暴に口に突っ込んでいるせいで、些か甘さ成分が減っているのが、二人らしい。

「あー。たしかにこれもうまい。でもこれ、どうやって果物の香りを付けてるんだ？」

「あぁそれは、実は林檎（りんご）をエサに与えているお陰で、材料になっている牛乳の時点で――」

ルステンさんの説明に、感心したように「ほー！」と声を上げるダニエル。少し周りを見回してみると、少し遠くではシーラさんが、娘のエレナさんと一緒に楽しそうにバゲットを食べているのが見えた。

他にも、チーズが少し伸びた事に驚いた表情をしている方、それを見て笑っている方など。様々な方たちの声が聞こえてくる。

牧場関係者の方々と文官たちも関係は良好なようだ。お互いの仕事を労ったり、晴れやかな顔で「いい物ができた」と話していたり。中には「更なる街の発展に、想像が膨らむなぁ」と思いを馳せているような声も、僅かに聞こえてきたりしている。

そんな中、「このチーズを使った料理、うちで出すよー！」と早速周りに宣伝しているリズリーさんの声が聞こえてきて、思わずフーと顔を見合わせ、どちらともなく笑ってしまった。


この日の試食会は大盛況に終わり、皆から貰った意見のもと、五つ作った試食品の内、結局三種類が、完成品として仕上げられる事に決定した。

それらのチーズがどのようにしてクレーゼン領内を駆け巡り、ついには全国にまで販路を拡大させていったのかは、近い将来に分かる事。王城からの視察をフーが裏で「刺客」などと呼んだり、ひょんな事が原因でクレーゼンの領都が大騒ぎになってしまうのも、もう少し先の話である。

Character Design

アリステリア
ルステン

ダニエル
フー

リズリー
ロナ

シーラ
ディーダ

サラディーナ
エストエッジ

転生令嬢アリステリアは
今度こそ
自立して楽しく生きる
～街に出てこっそり知識供与を始めました～

転生令嬢アリステリアは今度こそ自立して楽しく生きる ～街に出てこっそり知識供与を始めました～ 2

2024年7月25日　初版第一刷発行

著者　野菜ばたけ
発行者　山下直久
発行　株式会社KADOKAWA
〒102-8177　東京都千代田区富士見2-13-3
0570-002-301（ナビダイヤル）
印刷・製本　株式会社広済堂ネクスト
ISBN 978-4-04-683622-9 C0093

担当編集　並木勇樹
ブックデザイン　タドコロユイ＋モンマ蚕（ムシカゴグラフィクス）
デザインフォーマット　AFTERGLOW
イラスト　風ことら

本書は、2022年に魔法のｉらんどで実施された「魔法のｉらんど大賞2022」小説大賞で異世界ファンタジー部門特別賞を受賞した「転生令嬢・アリステリアは今度こそ文句を言わせない。　～平民街で、知識供与をはじめます～」を加筆修正したものです。

この作品はフィクションです。実在の人物・団体・事件・地名・名称等とは一切関係ありません。

ファンレター、作品のご感想をお待ちしています

宛先　〒102-8177　東京都千代田区富士見2-13-3
株式会社KADOKAWA　MFブックス編集部気付
「野菜ばたけ先生」係「風ことら先生」係

二次元コードまたはURLをご利用の上
右記のパスワードを入力してアンケートにご協力ください。

https://kdq.jp/mfb
パスワード
uyskc

● PC・スマートフォンにも対応しております（一部対応していない機種もございます）。
●アンケートにご協力頂きますと、作者書き下ろしの「こぼれ話」がWEBで読めます。
●サイトにアクセスする際や、登録・メール送信時にかかる通信費はご負担ください。
● 2024年7月時点の情報です。やむを得ない事情により公開を中断・終了する場合があります。